강치의 바다

강치의 바다

초판 1쇄 인쇄일 2017년 8월 15일
초판 1쇄 발행일 2017년 8월 15일

지은이 신아연
펴낸이 양옥매
디자인 박무선
교 정 조준경

펴낸곳 도서출판 책과나무
출판등록 제2012-000376
주소 서울특별시 마포구 방울내로 79 이노빌딩 302호
대표전화 02.372.1537 팩스 02.372.1538
이메일 booknamu2007@naver.com
홈페이지 www.booknamu.com
ISBN 979-11-5776-465-5 (43810)

이 도서의 국립중앙도서관 출판시도서목록(CIP)은 서지정보유통지원 시스템 홈페이지(http://
seoji.nl.go.kr)와 국가자료공동목록시스템(http://www.nl.go.kr/kolisnet)에서 이용하실 수 있습니다.
(CIP제어번호 : CIP2017020758)

| 이 책은 씨알재단의 문화예술 창작지원으로 출판되었습니다. |

신아연 생명소설

강치의 바다

THE SEA OF GANGCHI

책과나무

The sea of Gangchi

Do you know about the sea lions? Do you know about the sea lions, also known as Gangchi, the owners of the small and beautiful island Dokdo in the Republic of Korea? Do you know the Gangchi, the sea lions which completely covered Dokdo from the period of the Three Kingdoms to the early 1900s, like tender hand-maidens and proud bride-grooms of the blue and green sea? Unfortunately, Dokdo's many Gangchi were brutally killed during the Japanese colonial era, making them extinct around the mid-1950s.

The Japanese people's relentless capture of the sea lions made the clear and fresh coast of Dokdo smell of blood every night and morning. The red flesh of the dead sea lions flooded the sea, making it into a thick pool of blood. They stripped the sea lions alive, cutting out their flesh, draining out the oil, and then throwing their remains into the woeful, blood-stained ocean.

Gangchi were used to make leather shoes and bags of great worth. Japan, mad with greed and obsessed with material gain, became wealthy through the killing of sea lions, making the sea lions extinct within just ten years.

Not only were the big ones killed, but even the younger, nursing sea lions were killed. A vicious trap was set. The young were captured first to lure the mother, then both were seized.

At around this time however, there existed a pair of young sea lions that escaped the site of the massacre. They passed through the Pacific Ocean away from the slaughter of their parents and family and were rescued in Australia. They grew up protected in Australia's world-famous theme park, Sea World. Later, the second generation of these two sea lions make their return to Dokdo to fulfil their parent's dying wish.

On 15 August 1945, Korea became independent from Japan and became a powerful country. With its liberation, sea lions have also been able to flourish again in Korea.

Animals share life with humans and human life is inextricably linked with animal life. This novel explores the dignity of life and its noble values. All life everywhere must be respected by the life in us. The deaths of many sea lions and animals sacrificed because of humanity's endless greed are mourned in this novel.

August 2017
Shin, Ayoun

씨알의 바다

내가 신아연 작가를 만난 것은 칼럼전문 사이트 자유칼럼 그룹을 통해서다. '천생 글쟁이'라는 별명에 걸맞는 진솔하고 맛깔나면서도 잔잔한 호소력을 지닌 그의 글에 호감이 갔다. 그러던 중 2016년 신 작가의 첫 소설 『사임당의 비밀편지』를 계기로 인연을 맺게 되었고, 이번 소설 『강치의 바다』는 내가 책임을 맡고 있는 씨알재단의 문화예술 창작사업의 일환으로 출판을 지원하게 되었다.

무더위가 본격적으로 시작되던 어느 날, 신 작가가 내게 강치를 아느냐고 물었다. 오래전 독도에 살았던 바다사자라고 어렴풋이 알고는 있었지만 신 작가의 말은 실로 놀라웠다.

삼국시대 이전부터 독도를 새까맣게 덮었던 강치가 일본 강점기 때 완전히 멸종되었다는 것이다. 일본의 잔악무도한 강치잡이는 한반도 침략 야욕의 서막이었으며, 일본의 독도 강치 도륙은 한민족에 대한 말살의 시작이자, 강치의 고난과 슬픈 역사는 한국인들의 고난의 역사와 맥을 같이한다는 신 작가의 말은 설득력이 있었다.

20년 이상을 호주에서 살다가 4년 전에 한국으로 돌아온 신 작가는 호주에서 벌어진 독도 소유권 분쟁에 대한 한·일 간의 대응 차이에 대해 소상히 알려 주었다.

일본은 독도가 자기네 땅이라는 것을 주장하기 위해 호주 교과서의 내용을 바꾸는 등 문서 작업 추진 노력을 집요하게 하는 반면, 한국인들은 피켓을 들고 거리로 나가 데모를 하더라는 것이다. 당시 신 작가는 감성이 갖는 순간적인 호소력은 그때뿐인 데 비해, 글과 기록으로 남기는 것은 역사적 사실로 고착될 수 있다는 점에서 우려했다고 한다.

일본은 자신들이 저지른 만행을 감추기 위해 독도가 일본 땅임을 끈질기게 주장하는 동시에 강치를 소재로 한 동화와 만화 영화, 캐릭터 등을 제작하고 있다고 한다. 다양한 콘텐

츠를 통해 독도 강치와 일본 어린이들이 함께 물놀이를 하는
등 다정하고 화기애애한 모습을 묘사함으로써 자신들이 독도
강치를 멸종시킨 사실을 은폐하는 역사 왜곡을 교묘히 하고
있다는 것이다.

한국에 돌아온 후 신 작가는 일본의 잘못을 바로잡기 위해
고독한 작업을 해나갔다. 강치의 슬픈 역사를 스토리로 만들
어 독도 강치를 새롭게 탄생시킨 『강치의 바다』는 신 작가의
의지와 노력의 결실이다. 한 작가의 집념이 일본의 잔혹한 학
살로 멸종된 강치의 한을 풀어 주고 자칫 왜곡될 뻔했던 대
한민국 역사의 한 장을 바로잡는 계기가 되었으면 한다.

『강치의 바다』는 세계적 평화 운동가이자 생명 사상가인 바
보새 함석헌(1901~1989)과 그의 사상적 토대와 배경이 되어 준
다석 유영모(1890~1981)의 몸과 영혼의 철학을 계승하고 전파
하는 씨알재단의 정신을 반영하고 있다.

씨알의 정신은 참다운 삶, 살리는 삶, 나누는 삶, 실천하는
삶을 통해 오롯하게 피어, 생명 그 자체의 고귀함을 이어 가
는 데 있다. 우리는 생명의 참뜻을 발아시키는 고귀한 씨알과
같다. 『강치의 바다』는 강치의 슬픈 역사를 조명함으로써 생

명의 존엄성을 인식시키고, 인간의 본성을 일깨우는 데 기여
할 것으로 보인다.

끝으로 지난달 별세하신 일본군 위안부 피해자 김군자 할머
니의 영전에 『강치의 바다』를 바치고 싶다. 이 책이 일본의 압
제에 고통받은 모든 피해자들의 울분과 한을 위로하고, 우리
민족을 보듬어 단결시키는 역할을 할 수 있기를 바란다. 또한
이 작품이 앞으로 영화나 애니메이션으로 제작되어 한국과
일본의 어린이들에게 강치의 진실이 제대로 알려지기를 기대
하며, 역사의 진실을 작품으로 완성한 작가의 노고에 격려의
박수를 보낸다.

2017년 8월
씨알재단 이사장 김원호

강치의 바다

강치를 아시나요? 대한민국의 아름답고 작은 섬 독도의 주인, 강치를 아시나요? 삼국시대 이전부터 1900년대 초까지 독도를 까맣게 덮었던 바다사자, 강치를 아시나요? 그 많던 강치가 일제 강점기 때 잔혹하게 죽임을 당하면서 1950년대 중반경에 완전히 멸종되고 말았습니다.

일본인들의 무자비한 강치잡이로 인해 맑고 싱그럽던 독도에는 연일 피 냄새가 진동했으며, 벌건 속살을 드러낸 강치의 사체들이 밀려들면서 독도 앞바다는 걸쭉하게 변했습니다. 그들은 산 채로 강치의 가죽을 벗기고, 살을 도려내고 기름을 짠 후 너덜너덜해진 몸뚱이를 그대로 바다에 던졌던 것입니다.

구두와 가방 등을 만들 수 있는 강치 한 마리의 값은 당시 황소 열 마리 값이었습니다. 돈에 혈안이 된 일본은 강치잡이로 막대한 부를 축적하면서 그 많던 강치를 불과 10여 년 만에 말 그대로 씨를 말렸습니다. 덩치가 큰 것들뿐만 아니라 아직 젖을 떼지 못한 어린 강치들도 잔인하게 때려죽이고, 어린 것들을 먼저 잡은 후 새끼를 구하려고 오는 어미를 동시에 사냥하는 악랄한 덫을 놓았습니다.

당시 처참했던 대학살의 현장에서 구사일생으로 살아남은 어린 강치 한 쌍이 있었습니다. 이들은 부모를 비롯해서 온 가족이 몰살당하는 상황에서 태평양을 지나던 호주의 포경 저지선에 의해 발견되어 천신만고 끝에 구조됩니다. 둘은 호주의 테마 파크 씨 월드에 보호되어 자라게 됩니다. 이후 둘 사이에서 태어난 독도 강치 2세는 부모들의 소망과 자연으로의 회귀 본성에 의해 다시 독도로 돌아오게 됩니다.

1945년 8월 15일 일본 식민지에서 해방된 대한민국은 부강하고 번영된 국가로 성장했으며, 최근에는 독도 강치의 숫자도 크게 늘었습니다. 광복 72주년을 맞은 올해 2017년, 생명력으로 약동하는 독도 강치들과 물놀이를 즐긴 분들도 있을 것입니다.

동물은 인간과 생명을 나눠 가진 존재이며, 인간과 동물은 불가분하게 생명그물로 연결되어 있습니다. 그러므로 생명을 가진 모든 존재들은 생명 그 자체로 존중받아야 합니다. 이 소설은 생명의 존엄성과 그 생명의 고귀한 가치를 말하고 있습니다.

끝없는 인간의 탐욕으로 희생된 강치들과 모든 동물들에게 속죄하는 마음으로 고개를 숙이며 옷깃을 여밉니다.

2017년 8월

신아연

• 명이
명이는 울릉도 나리 분지에서 채취되는 산나물의 이름이다. 울릉도에 처음 살았던 사람들은 겨울이면 식량이 떨어져 굶주림에 시달리곤 했는데, 이때 두터운 눈을 뚫고 올라오는 이 나물로 '명을 이었다' 하여 '명이'라 이름 붙여졌다. 울릉도 개척시대의 상징물인 명이처럼, 부모를 잃고도 꿋꿋이 명을 이어 가는 주인공 강치이자 생명의 엄마 강치.

• 생명
자연을 사랑하는 아빠와 외유내강형 엄마로부터 '생명'이라는 이름을 얻고 독도로 돌아오게 되는 독도 강치 2세.

• 자연
강치 학살 현장에서 가까스로 탈출한 후 일생 번민에 시달리다 죽음을 맞게 되는 명이의 남편이자 생명의 아빠 강치.

• 은근
일본의 무자비한 고래 사냥으로 인해 고아가 된 혹등고래. 생명과 함께 자라며 생명을 은근히 좋아하는 쾌활한 소녀.

• LOVE
수줍고 온순한 성격 탓에 생명과 은근 사이에서 그림자처럼 지내지만, 생명과 함께 독도로 가는 생명의 여자 친구.

• 그냥
인간에 대한 분노에 시달리다 극적인 화해 후, 모든 것을 받아들이며, '그냥' 살고자 하는 이지적 저널리스트 침팬지.

• 푸른 눈동자
여성 애니멀 커뮤니케이터로서, 인간으로 인해 고통받는 모든 동물들에게 용서를 구하고 마음으로 대화하는 상징적 인물.

| 목차 |

진통의 바다

사랑의 바다

성숙의 바다

#1. 빨간 트라우마

　"우리야, 뭐 해안 너럭바위에 널브러져 있던 몸을 장국에 수제비 반죽 뜨듯 스르르 미끄러뜨릴 줄만 알았지, 4미터나 되는 높이에서 다이빙을 한다는 건 생각만 해도 아찔한 일이죠. 사람들도 참, 그런 우리를 구태여 높은 곳에서 뛰어내리게 하면서 좋아할 건 뭐냐 말예요."

　"뭐든 우리를 괴롭혀야 직성이 풀리는 게 사람들이니까요."

　"괴롭힌다기보다는 항상 재미거리를 찾는다고 할까요? 사람들 사이에선 우리처럼 수영을 잘하는 사람을 '물개'라고 부른다잖아요. 대한민국에는 '아시아의 물개 조오련 선수'가 있었다잖아요. 헤엄을 무진장 잘 치는 사람을 바다사자나 물개를 빗대서 말하는 걸 보면 우리야말로 헤엄치기 선수라는 걸 너무나 잘 안다는 소린데, 왜 우리한테 그건 안 시키고 엉뚱한 걸 못 시켜서 안달인지 몰라요, 그죠?"

"그게 글쎄 괴롭히려고 그러는 거라니까요."

"그건 그냥 씨가 색안경을 끼고 보는 거고, 제 생각엔 그저 재미로 그러는 것 같아요. 다이빙도 그렇지만 콧잔등에 공을 올려놓고 뒤뚱뒤뚱 걷게 하질 않나, 헤엄 잘 치라고 붙어 있는 지느러미를 손이라 우기는 것도 그렇고."

"재미 두 번만 찾다가 죽어나는 건 우리 동물들이라고요, 글쎄."

"그런 면이 없지 않아 있긴 하죠. 우리의 지느러미가 어디 박수치라고 달린 거냐고요? 하긴 사람을 물개처럼 훈련시키는 거나, 우리를 사람 흉내 내게 하는 거나 거기서 거기, 오십 보 백 보죠."

크리스마스이브 오후, '명이'는 상기된 표정으로, 숙소로 돌아와 유머러스하면서도 시니컬하게 20년 쇼 생애를 막 마무리한 소감을 밝힌다. 씨 월드 15년 친구, 저널리스트 침팬지 '그냥'과 인터뷰를 하고 있는 중이다. 인터뷰에 앞서 그냥은 스타 명이와의 인증 샷을 남기기 위해 스마트 폰으로 명이와 함께 셀카를 한 방 눌렀다.

그냥의 목에는 씨 월드에서 발급한 프레스 카드가 걸려 있다. 이 카드는 씨 월드의 동물 기자 그냥에게만 허용된 것으로, 취재 목적에 한해서 그냥은 씨 월드 동물 누구든 접촉할 수 있다.

무사히 공연을 마쳤기 때문일까, 명이는 다소 거만해지고 싶은 충동을 느끼며 턱을 치올려 눈을 아래로 깔아 보지만 역시나 명이답게 곧바로 우스개로 눙쳐 버리며 입가에 슬며시 미소를 띠운다.

"오늘 공연에 만족하신다는 의미로 이해하겠습니다. 그간 정말 수고 많으셨습니다."

"고맙습니다."

"명이 선생의 묘기는 씨 월드 가족들에게 언제나 감동을 주지요."

"부끄럽습니다."

"관람객들의 애정을 듬뿍 받고 계신 것도 두말하면 입만 아플 지경인데, 지금까지 묘기를 선보이면서 특별히 힘들거나 어려운 점은 없었는지요?"

저널리스트 그냥의 질문에 명이의 표정이 어두워지며 음성이 다소 떨린다.

"붉은빛, 빨간 동그라미를 보는 것이 매우 힘들었어요. 수없이 보아 온 씨 월드의 아름다운 저녁노을도 이따금 고통스럽게 다가왔고요."

"무슨 의미인가요? 좀 더 자세히 말씀해 주실 수 있을까요?"

"특히 공연을 할 때는 빨간 옷을 입은 관광객들이 저를 혼란스럽게 해요. 집중력을 흩뜨리고 마음을 산란하게 하지요. 제게 빨간색은 슬픔과 불안의 상징처럼 가슴에 새겨져 있어요. 왜 그런지 저도 모르겠어요."

"죄송합니다, 명이 선생님. 제 질문이 선생님을 힘들게 했나봅니다. 혹시 무의식 깊은 곳에 붉은색과 관련된 트라우마가 있는 건 아닐까요? 그간 명이 선생과 함께 생활하면서 늘 긍정적이고 담담한 모습에 감명을 받았습니다. 또한 주어진 상황에서 최선을 다하시는 삶의 자세를 존경해 왔는데, 그런 선생님에게 가시가 있다니 놀랍고도 가슴 아픕니다."

진심을 다해 위로하고 염려하는 그냥의 말이 명이의 귓전에서는 마치 환청처럼 들린다. 명이의 눈앞에 아까 본 일본 국기를 든 꼬마들의 잔영이 스치면서 그들의 빨간 옷, 빨간 원이 명이를 서럽고 두렵게 한다. 명이의 표정이 어두워진다.

'다 끝났잖아. 이제 더는 마주치지 않아도 되잖아.'

명이는 어린아이처럼 겁내고 있는 자신을 속의 말로 가만가만 다독이며 막 내려온 무대를 찬찬히 되짚어 본다.

#2. 프리마돈나

  한여름의 크리스마스를 맞는 호주 골드코스트 테마 파크 씨 월드 물개 쇼 그라운드. 20년 가까이 씨 월드에서 서커스를 해 온 대한민국 독도 바다사자, 강치 명이의 고별 무대가 막 시작되려는 순간이다. 명이는 어릴 때부터 줄곧 동물원 생활을 하면서 호주인들은 물론, 세계 각국의 관광객들 앞에서 갖가지 재주를 부려 왔다. 하지만 명이는 이제 나이가 많아 더 이상 공연을 할 수 없다. 오늘 공연을 끝으로 무대를 떠나게 되는 명이, 날이 날인 만큼 간간이 얼굴에 긴장감이 스치지만 언제나 그렇듯 침착한 모습에 큰 변화는 없다.

곧 물개 쇼가 시작된다는 안내 방송이 물개 우리를 중심으로 씨 월드 전 구역에 퍼져 나간다. 이곳저곳에 흩어져 있던 관람객들이 서서히 물개 그라운드 쪽으로 이동한다. 남반구의 12월은 한여름이다. 북반구의 겨울과는 반대로 한여름의 크리스마스와 연말연시 축제를 펼치는 이색적인 곳, 북반구 관광객들이 가장 많이 몰리는 테마 파크 씨 월드. 이맘때면 여름 방학과 휴가철을 맞아 국내 관광객들도 일 년 중 가장 붐빈다. 인근 브리즈번이나 멜버른, 시드니 등지에서 씨 월드를 찾는 청소년들, 젊은 연인, 노부부, 부모를 따라 나들이 길에 나선 꼬마들이 이곳저곳을 누비고 다닌다.

들뜬 기대와 호기심에 찬 표정의 관광객들이 무대를 중심에 두고 원형으로 펼쳐져 있는 관람석을 앞자리부터 메우기 시작한다. 그 가운데 맨 앞줄로 나란히 입장하는 유치원생 또래의 일본 어린이 20여 명이 사람들의 눈길을 묘하게 끈다. 꼬마들은 모두 빨간 반바지에 일본 국기가 새겨진 하얀 티셔츠를 입고, 머리에는 빨간 원이 그려진 모자를 쓰고 있다. 인솔 교사 두 명의 손에도 일장기가 들려 있다.

뜨거운 태양의 계절, 호주 선 샤인 주의 열기를 고스란히 빨아들인 듯, 흰 바탕을 배경으로 도발적인 핏빛의 둥근 원이 꼬마들의 약동하는 생명력과 함께 강렬히 반사된다. 주의를 끄는 아시아의 귀여운 어린이들을 향해 호주 백인 노부부가 입가에 미소를 띠며 손을 흔든다. 그러나 일본 국기를 바라보는 시선은 그리 곱지 않다. 여름 휴가철을 맞아 전 세계인의 축제가 열리고 있는데 그들의 존재를 도드라지게 과시하는 모습은 어딘지 모르게 부자연스럽다.

원형 무대 관람석은 '호기심 순'이라고 해야 할까? 공연장 바로 앞 계단은 꼬마들 차지다. 그다음은 10대 청소년, 중간쯤은 젊은 연인들 순으로 자리가 메워진다. 나이가 어릴수록 동물에 대한 호기심과 탐구심이 많은 까닭이다. 뒤로 갈수록 무대와는 멀어지지만 대신 차양이 넓게 펼쳐지기에 중년층 이상 관람객들은 머리 위에서 이글대는 따가운 태양 볕을 피해 뒷자리를 잡는다.

립스틱을 찍어 동그랗게 그린 듯한 눈매와 봉숭아 꽃대처럼 가늘고 발그레한 다리의 갈매기들이 곧 쇼가 시작될 공연장을 답사라도 하듯 맴돈다. 사람들이 감자 칩이나 햄버거 조각

등 먹을 것을 던져 주기를 기대하면서.

그러나 갈매기들의 속을 읽기라도 한 듯 먹이를 주지 말라는 안내 방송이 쏟아져 나온다. 마침 과자 부스러기를 던져 주려던 앞줄의 꼬마가 방송을 듣고 멈칫하자 그 손을 애석한 눈길로 바라보는 갈매기들.

"도대체 뭐가 문제라는 거야? 얼마나 편하고 좋은가 말이야. 먹이를 찾아 온종일 바다 위를 날아다니며 애쓸 필요도 없고, 맛은 또 좀 좋아?"

"그러게 말이야. 우리가 빼앗아 먹는 것도 아니고 던져 주는 것 좀 얻어먹는 게 뭐가 그렇게 나쁜 일이라고 동물원 사람들은 질색을 하는지 몰라."

"저 안에 사는 애들은 무슨 복이 저리도 많은지…. 부러워 죽겠다니까."

"몇 가지 재주만 부려 주면 일생 먹을 것 걱정은 할 필요가 없잖아."

"우리처럼 아침 일찍부터 일어나 먹이를 찾아다닐 필요도 없고."

"경쟁할 필요도 없고."

"그러게 말이야. 호랑이나 사자 같은 녀석들은 아예 재주도 안 부리잖아."

"맞아. 그저 어슬렁거리거나 낮잠이나 자는데도 맛난 것을 실컷 먹고."

"그러게 말이야."

구시렁구시렁, 쫑알쫑알 불만을 쏟아내는 갈매기 두 마리. 그러면서 머쓱한 듯 헛부리질을 한다.

"근데, 너 야생성이란 말 들어 봤어?"

"그게 뭔데?"

"저 안에 사는 애들은 그게 없다잖아. 우리에겐 있는데."

"그러니까 그게 뭐냐고?"

"지금 우리처럼 사는 것."

"지금 우리처럼?"

"응. 우리가 먹을 건 우리가 찾고, 우리가 살 곳도 우리가 찾고. 사람들 간섭 안 받고 사는 게 원래 우리 모습이래. 그게 야생성이래."

"그럼 쟤들은?"

"쟤들은 우리처럼 자유롭게 다니지도 못하고 사람들이 지은 집에서만 살아야 하니까 야생성을 잃은 거지. 쟤네들이 처음부터 저기서 산 건 아니래. 언젠가 자기들끼리 하는 말을 들었어."

"대신 맛있는 건 매일 먹잖아. 그럼 그만이지. 야생성이 뭐가 대수야."

"그래도 그게 꼭 좋은 건 아닌 것 같아. 난 내 맘대로 날아다니는 게 좋아. 그렇다고 우리가 굶는 건 아니잖아. 찾아보면 먹을 건 어디든 있잖아."

"하긴 그래. 철망 속에 갇혀서 마음껏 날아보지도 못하고 푸득거리는 새들을 보면 불쌍해."

갈매기들 옆에서 살진 비둘기와 참새 떼도 포롱포롱 물을 튕기며 무심한 발길질을 하다 몇 놈은 숫제 자맥질을 한다. 대형 수조 형태의 물웅덩이가 무대와 관람석을 자연스럽게 분리하지만, 관람석이 막 시작되는 첫 계단 통로 앞에는 철제 펜스가 설치되어 있다. 공연이 시작되길 기다리는 꼬마들이 발돋움을 하고 펜스에 턱을 괸다. 어떤 아이들은 펜스 아래나 펜스 사이를 비집고 손을 뻗어 먹이를 찾는 갈매기나 비둘기나 참새를 향해 종주먹을 들이대거나 단풍잎처럼 손바닥을

쫙 편 채 잡아 보려는 시늉도 한다.

　넓은 치맛자락처럼 펼쳐진 물웅덩이 뒤로 연극 무대 형태로
꾸며진 원색과 파스텔 톤의 구조물이 세워져 있고, 다시 그
구조물을 배경으로 약 1미터 전방에 그림 맞추기 회전 주사
위가 놓여 있다. 드디어 시작을 알리는 트럼펫 팡파르가 울려
퍼지고 동시에 관중들이 박수와 환호를 보낸다.

　악당으로 분장한 채 물개들의 먹이가 든 버킷을 들고 등장
하는 조련사, 그 뒤를 따라 어린 물개 친구 셋이 지느러미로
관중들의 박수를 유도하는 시늉을 하며 뒤뚱뒤뚱 졸졸 따라
들어온다. 그 모습에 관람석에서는 흥겨운 웃음과 박수가 다
시 터져 나온다. 물개들은 신명을 돋우려는 듯 손뼉을 치던
앞 지느러미를 손처럼 유연하게 들어 관객들을 향해 흔들어
보인 후 '두 손'을 맞부딪히며 응원해 달라는 동작을 한다. 공
연에 앞서 '치어리더' 역할을 하고 있는 물개 친구들은 매끈하
고 탄력 넘치는 몸매를 자랑한다. 마치 공기를 탱탱하게 주입
한 검정색 튜브 같기도 하고, 몸 전체에 까만 타이즈를 입혀
놓은 것 같기도 하다. 햇볕을 받아 반짝이는 은빛 수염이 물
개들의 동그란 얼굴을 앙증맞고 장난스레 만든다.

한바탕 박수를 받은 세 친구들이 코끝에 수박 크기의 알록달록한 공을 얹고 묘기를 시작한다. 한 동작이 끝날 때마다 다음 동작으로 이어지는 사이사이 먹이가 던져진다. 조련사가 던져 주는 먹이를 빠른 몸놀림으로 받아먹은 후 코끝에 공을 얹고 곧추선 자세에서 회전하는 물개들. 언제나 그렇듯 중간중간 터지는 관중들의 웃음소리 박수 소리가 퍼즐 조각처럼 끼어든다. 앞줄에 나란히 앉은 일본 꼬마들도 물개들이 우스꽝스러운 동작을 할 때마다 목젖이 다 보일 정도로 신나하며 까르르 웃는다.

씨 월드 물개들은 꼬마 친구들을 좋아한다. 꼬마들의 표정만 봐도 뭔가 통하는 느낌이 들기 때문이다. 어린아이들의 호기심과 물개들의 호기심이 닮았고, 어린아이들의 경계심 없는 마음이 동물들의 순수한 마음과 통한다.

"안녕, 물개야."

"꾹꾹꾹꾹."

말랑말랑한 어린 생명들 사이에 노란 아지랑이가 피어오르고, 물개들과 꼬마들이 서로 인사를 나눈다.

드디어 오늘의 주인공, 강치 명이의 순서다. '스르르' 배를 바닥에 가볍게 마찰하며 미끄러지듯 무대에 등장하는 차분하고 여유로운 표정의 명이, 우선 조련사가 던져 주는 물고기 한 마리를 받아먹는다. 사실 명이는 공연 도중 음식을 먹는 것을 썩 내켜 하지 않는다. 그러나 조련사들을 불안하게 하고 싶지는 않다. 명이는 안다. 조련사들이 매 공연마다 얼마나 긴장하면서 집중을 하는지. 실수나 착오가 없도록 물개들 하나하나에 얼마나 신경을 쓰고 세심한 관심을 기울이는지.

　시작하기 전과 중간중간에 먹이를 던져 주고 먹이를 받아먹는 것은 서로가 서로에게 '이상 무'라는 신호이자 약속이라는 것을 명이는 일찍이 터득했다. 명이에게 공연 중 먹이는 꼭 배가 고파서라기보다 이쪽 일은 이쪽이 잘 알아서 할 테니 걱정 말라는 무언의 응답이다. 그러하기에 만약 명이가 먹이에 시큰둥하게 반응하면 조련사들의 마음과 집중력을 흩뜨려 놓게 될지도 모른다. 조련사들이 명이의 마음을 읽듯이 명이도 사람들의 마음을 읽고 배려하는 것이다.

　명이는 그것을 일러 서로에게 '길들여지다'라고 표현하는 것을 배웠다. 명이는 씨 월드에서 수없이 들어 온 '훈련'이나 '조련'이라는 말보다는 '길들여지다'라는 말을 좋아한다. 길들여지는 것은 서로가 서로에게 특별한 존재이며 그 순간 서로 간에 책임이 생기는 관계라는 뜻으로 명이는 이해한다. 따라서 명이는 공연 중에 제공되는 먹이에 대해선 마치 자신의 역할 중 한 파트인 것처럼 무조건 '꿀꺽' 하고 받아먹는다.

목젖을 타고 내리는 먹이의 감촉이 잠시 생각에 빠져 있던 명이를 깨운다. 명이는 조련사를 향해 한쪽 눈을 찡긋하는 것으로 '준비되었으니 이제 시작해 보자.'는 신호를 보낸다.

명이의 움직임 하나하나에 관중들의 눈길이 빨려들 듯 딸려 온다. 사람들은 명이가 지난 20여 년간 씨 월드 물개류 가운데 지성적인 연기를 가장 잘 소화했다는 것을 알고 있기에 기대가 유난히 크다. 더구나 오늘은 명이의 고별 무대가 아닌가.

명이가 오늘 선보여야 할 묘기는 악당으로 분장한 조련사에게 쫓기는 의로운 기사 역할이다. 이 연기는 조련사가 고개를 이쪽저쪽으로 두리번거릴 때 자신도 그대로 따라 하는 것으로 시작된다. 연습에 연습을 거듭할 당시, 조련사를 흉내 내어 명이가 고개를 좌우로 저으며 '두리번두리번'하면 먹이가 주어졌던 것이다. 아까도 말했듯이 명이에게 먹이는 '잘되고 있다, 그러니 염려 말라'는 신호이자 상대에 대한 배려다.

명이가 먹이를 받아먹자 곧바로 악당으로 분장한 조련사가 '명이 기사'를 찾는 동작을 취하며 크게 '두리번두리번'한다. 이미 분홍색과 노란색 건물 사이에 숨어 있던 명이도 조련사를 따라 '두리번두리번' 연기를 펼친다. 악당은 명이를 찾기 위한 것으로, 명이는 자신을 쫓는 악당의 움직임을 예의 주시하는 것으로 관람객들은 둘의 행동을 이해한다. 이렇게 몇 번, 쫓고 쫓기는 모양새로 건물 사이를 왔다 갔다 하는 동안 연이어 웃음이 터진다. 명이의 세 후배 물개가 '앞발'로 박수를 치며 고개를 주억거린다. 옆문으로 들어온 보조 조련사가 물개들 입에 물고기를 한 마리씩 물려준다.

"얘들아, 잘했어. 그리고 고마워."
"꾹꾹꾹꾹, 깍깍."

명이는 후배들을 격려하고 자신의 공연을 도와줘서 고맙다는 인사를 잊지 않는다. 까마득한 선배로부터 따듯한 시선을 받자 신이 난 물개들은 좁은 원통 위에서 몸을 한 바퀴 빙그르 돌리며 고개를 상하로 까딱까딱, 어깨를 좌우로 건들건들한다. 그 모습에 관람객들은 아낌없는 박수를 보낸다. 후배 물개 셋이 관중들의 시선을 사로잡으며 재롱을 피우는 사이, 물웅덩이 맞은편으로 건너가 있던 조련사가 드디어 명이를 발견하고 총을 '땅!' 하고 쏜다. 명이는 그 자리에서 미끄러지듯 쓰러지면서 '장렬히 전사'한다. 순간 관람석에서는 "아, 저런, 어떡해, 불쌍도 하지." 하는 탄식이 쏟아진다.

그 안타까움에 보답이라도 하듯 물속에 잠겼던 명이의 몸이 솟구쳐 오른다. 악당의 총에 맞아 죽은 줄 알았던 명이가 살아 나오자 관람객의 환호와 박수가 절정에 달한다. 이어 '두 팔'을 벌리고 고개를 숙여 인사를 하는 명이의 동작에 맞춰 팡파르가 울린다.

박수갈채 속에서 명이의 시야 가득 일본 꼬마들의 빨간 바지와 빨간 원이 가슴 부분에 그려진 하얀 티셔츠, 나부끼는 일장기가 덮쳐 온다. 순간 명이는 고개를 외로 꼬고 "가윽, 가윽" 신음 섞인 울부짖음을 토한다.

'빨간색, 저 빨간색! 당장 비릿한 피 냄새가 날 것만 같아. 저걸 치워 줘. 내 눈앞에서 사라지게 해 줘, 제발!'

명이가 절박하게 외친다. 그러나 그것은 속울음일 뿐이다.

당황한 조련사가 정어리를 흔들며 명이의 주의를 자기에게로 끌려고 애쓴다. 설상가상 꼬마 하나가 펜스 사이로 손을 뻗어 가까이 다가와 있는 명이의 몸을 만지려 한다.

예상치 못했던 돌발 상황으로 명이가 혼란에 빠지면 큰일이다. '악당 조련사가 명이의 불안한 마음 상태를 가라앉히는 동안 보조 조련사는 꼬마 곁으로 가서 짐짓 장난스럽게 눈을 찡긋하며 손길을 막는다.

꼬마가 당황해서 울음을 터뜨리기라도 하면 정말 곤란하기 때문이다. 공연 도중 관중석이 술렁이며 동요하는 상황이 발생하면 예민한 물개들은 곧 의기소침해져서 우왕좌왕하게 된다. 그렇게 되면 그날의 쇼를 망치게 되는 것은 물론, 슬럼프에 빠진 물개들의 의욕을 되돌려 놓으려면 많은 에너지를 쏟아야 한다. 마침 그때 인솔 교사가 꼬마의 손을 펜스 사이에서 빼내며 따끔하게 주의를 준다. 명이도 가까스로 균형을 되찾는다.

'오늘 쇼는 특히 나의 책임감이 크다는 걸 잘 알고 있어. 하지만 빨간색은 정말 싫어. 빨간색만 보면 정신이 아득해져서 조련사들한테도 마음을 쓸 수가 없어. 내가 이럴 때마다 조련사들이 무척 당황하고 걱정스러워 한다는 걸 잘 알면서도⋯. 아, 다시 정신을 차리자. 오늘은 나의 마지막 무대잖아. 오늘 공연은 정말 중요해.'

명이는 정신을 집중하기 위해 마음을 다잡으며 '그림 맞추기' 장소로 이동한다. 각 면에 각기 다른 그림이 그려져 있는 주사위 네 개가 일렬로 꿰어진 채 명이의 눈앞에서 빙글빙글 돌고 있다. 그 가운데 여섯 면 모두 물개 그림이 그려진 맨 왼쪽 주사위는 움직이지 않고 고정되어 있다. 다른 주사위에는 물개 그림을 포함하여 면마다 각각 다른 그림이 그려져 있다. 그 가운데 물개 그림을 찾아 일렬로 세워야 한다.

명이의 동료들은 이 훈련을 특히 어려워했지만, 명이는 몸으로 하는 연기보다 머리를 써서 하는 것을 더 잘했다. 명이가 지느러미를 써서 두 번째 주사위에 이어 세 번째 주사위에서 물개 그림을 찾아내자, 탄성과 박수가 터져 나왔다.

하지만 지금은 거기에 마음을 빼앗길 때가 아니다. 관람객들의 경쾌한 수런거림은 실상 명이의 집중력을 방해한다. 물개 그림을 찾기 위해 명이는 조련사와 나누었던 눈맞춤과 입맞춤 등 서로가 교환했던 따듯한 표정과 신뢰 어린 교감을 떠올리려 애써야 한다. 물개 그림을 보여 주며 환하게 웃던 순간, 물개 그림과 명이를 번갈아 보며 입을 맞추고 반복해서 이마를 맞대던 시간, 물개 그림과 함께 자신을 꼭 껴안아 주던 기억을 떠올려야 한다.

마지막 물개 그림을 맞춘 순간 "브라보!" 하며 자신을 뒤에서 덥석 안은 채 나뒹굴던 조련사와의 몸의 감각을 되새겨야 한다. 바로 그때 명이의 등 뒤에서 "브라보!" 하는 탄성이 폭죽처럼 터져 나왔다.

이제 다 끝났다. 큰 박수를 받으며 명이가 퇴장한다. 조련사는 명이에게 언제나처럼 환한 표정을 지으며 눈을 찡긋한다. 명이도 눈을 찡긋하며 화답한다. 명이가 떠난 쇼 그라운드는 이제 후배들의 차지다.

#3. 입맞춤

명이의 상처를 들추고 싶지 않아 중도에 인터뷰를 포기하고 고개를 푹 숙인 채 명이의 숙소를 돌아 나오던 침팬지 그냥. 마침 엄마한테로 달려가던 명이의 아들 '생명'과 머리를 부딪힐 뻔한다.

"어이쿠, 이 녀석아. 아저씨가 너하고 뽀뽀할 뻔했구나. 좀 살살 다녀라."

생명은 지금 막 친구들과 물놀이를 하고 오는 길이다. 바람이 팽팽하게 든 타이어처럼 탄탄하고 매끄러운 몸에서 물방울이 뚝뚝 듣는다. '생명'이라는 이름 그대로 어린 생명의 솟구치는 에너지와 반짝이는 약동성에 그냥은 눈이 부실 지경이다.

"그냥 아저씨, 안녕하세요? 우리 엄마 만나고 오시는 길인가요? 우리 엄마 오늘 진짜 멋있었죠? 아저씨도 보셨어요? 그리고 맨 나중에 마스코트로 나온 저도 보셨어요?"

"응, 그래. 아저씨도 먼발치에서 봤다. 네 엄마는 언제나 멋지지. 생명이는 엄마가 무척 자랑스럽지? 네 친구들은 생명이가 참 부러울 것 같아. 그런데 너도 오늘 출연을 했단 말이지? 아저씨는 엄마랑 이야기를 하느라 미처 못 봤네. 아쉽구나."

"맞아요, 아저씨. 저는 엄마가 얼마나 자랑스러운지 몰라요. 엄마가 오늘 공연하시는 걸 다 지켜보았는데 역시 최고였어요. 저는 맨 마지막 순서에서 조련사 누나랑 입을 맞췄어요, 이힛!"
   생명이가 흥분에 들뜬 이유가 있었던 것이다. 생명 엄마의 마지막 공연이라고 씨 월드 측에서 예정에 없던 '깜짝 순서'를 넣었던 것이다.

　생명은 조련사 누나들, 사육사 형들 앞에서 곧잘 재롱을 피우지만 아직은 엄마의 묘기처럼 능숙할 수가 없다. 자신의 컨디션에 따라 자신감이 생겼다 사라졌다 하기 때문에 매번 침착하고 여유 있게 무대에 서는 엄마가 존경스럽기만 하다. 엄마는 그때마다 생명을 이렇게 격려했다.

　"반드시 사람들이 우리를 길들이는 건 아니야. 그러니 주눅 들 거 없어. 우리도 사람을 길들이는 거야. 길들인다는 말은 반드시 나쁜 뜻이 아니거든. 그건 서로서로 맞춰 주는 거야. 사랑하는 마음으로, 기쁜 마음으로. 그렇게 서로에게 익숙해지는 거지. 그러면 무대에 설 때 적극적인 마음이 되고 자연스럽게 자신감도 생기고."

　엄마의 말에 비춰 조련사 누나와 첫 입맞춤을 하던 날을 떠올리는 생명.

　'엄마는 알고 있었나요? 내가 그때 얼마나 수줍어했는지를.

조련사 누나는 내게 아무런 저지도 하지 않았지요. 내가 누나의 얼굴을 찬찬히 보면서, 가만히 볼을 터치해 보고, 조심스레 눈을 들여다보고, 뺨과 목덜미를 간지럽힐 때도 누나는 가만히 지켜보기만 했지요. 나를 그대로 내버려 두었어요. 나는 누나의 등 뒤로 가서 슬쩍 몸을 기대기도 하고 누나의 머리를 지느러미로 톡톡 쳐 보기도 했어요. 그래도 누나는 그저 빙그레 웃으며 시선으로만 나의 행동을 쫓아왔어요. 그렇게 누나와 나는 친해졌지요. 그러다 입맞춤까지 하게 되었죠. 이후 나는 누나에게 저절로 마음이 열려서 누나를 보기만 해도 마음이 편안해지고 따뜻해졌어요. 그런 것들이 길들여지는 거라면 누나가 나를 더 많이 길들이도록 내버려 둘 거예요. 그렇게 된다면 나는 오히려 행복할 것 같아요.'

눈을 가슴츠레 뜨고 꿈결에 잠긴 생명을 깨우듯 갑자기 그냥의 말이 끼어든다.

"너 엄마한테 간다더니 지금 무슨 생각을 하고 있는 거야? 어서 가지 않고."
"아 참. 그랬지. 그냥 아저씨, 그럼 안녕히 가세요."

생명이는 몰래 나쁜 짓을 하다 들킨 것처럼 화들짝 놀란다. 조련사와의 '애무'는 어린 생명이의 서커스 생활의 시작이었다. 가랑비에 옷 젖듯이 시나브로, 그런 식으로 훈련이 시작된 것이었다.

#4. 거대한 속임수

"그것은 거대한 속임수야!"

생명의 뒤에서 벼락같은 아빠의 호령이 들린다.

"너는 지금 인간에게 속고 있는 거야. 그건 마치 죄 없는 어린아이를 유괴해 놓고 잘 먹고 잘 입히는 것으로 거짓 정성을 다하는 유괴범의 행동과 다를 게 없어."

"우리가 유괴를 당하다니요?"

"여기서 살고 있다는 게 바로 그 증거야. 유괴범이 아이에게 해 줄 수 있는 최상의 것은 다시 부모에게 돌려보내는 거지. 마찬가지로 인간들이 정말 우리를 위한다면 자연으로 돌려보내 주는 게 옳은 거야. 그것만 빼고 제아무리 세상 최고의 것을 제공한다 해도 모두 거짓이야!"

동물들의 자연적 본성, 야생성을 억압하는 거대한 인위에 생명의 아빠는 몹시 분노했다. 그런 생명의 아빠는 지금 이 세상에 없다. 2년 전 서커스 세트장이 무너지는 사고로 목숨을 잃었다. 그 사고는 그가 서커스에 대해 온몸으로 저항한 결과였는지도 모른다.

'난 아빠가 가끔 무서웠어. 하지만 아빠가 많이 보고 싶어. 아빠의 마음을 다 이해할 수는 없지만 지금은 아빠가 많이 그리워.'

아빠를 생각하며 풀죽은 모습으로 엄마 명이에게로 가는 생명. 하지만 명이를 보자 이내 얼굴이 밝아진다.

"생명아, 잘했어? 누나랑 입맞춤하는 기분이 어땠어?"

"엄마, 지금 절 놀리시는 거예요, 아님 정말 궁금해서 묻는 거예요?"

"놀리긴. 엄마가 너를 얼마나 대견하게 생각하고 있는데. 참 잘했어. 수고했어."

생명이 어릴 적 앞발로 박수를 치거나 조련사들과 입을 맞추는 연기를 할 때, 명이는 옆에서 아들을 격려했다. 생명이 처음 무대에 선 날, 이후 새로운 동작을 하나씩 익혀 갈 때마다 명이는 언제나 잔잔하게 웃으며 생명의 곁을 지켰다. 누구에게라고 할 것 없이 자주 화를 내고 분노하던 아빠와는 달랐다.

생명의 생각에는 엄마는 안정과 믿음을 주었지만 아빠는 그 반대였다. 그러나 생명은 아빠의 위엄을 거역할 수가 없었다. 아빠가 무서워서 피하기도 했지만, 아빠에게서는 왠지 모를 권위와 강한 힘이 느껴졌다. 다만 어린 생명이로서는 동작을 새로 익힐 때마다 칭찬해 주는 엄마와 조련사 누나, 형들이 더 좋고, 그런 상황이 즐거웠기에 엄마와 더 가까웠을 뿐이다.

"엄마, 이렇게 했어요, 누나하고. 그랬더니 막 박수가 쏟아졌어요."

생명이가 명이 앞에서 조련사와 뽀뽀를 하는 시늉을 해 보인다. 앞 지느러미를 자신의 입 앞에 갖다 대면서 조련사의 손인 양 흉내를 낸다. 맨 처음 둘의 입과 입 사이에 손이 놓여 있었기 때문이다. 그러다 아주 천천히, 차츰차츰 그 손이 둘 사이에서 사라지면서 조련사의 입에 자신의 입이 맞닿았던 것이다. 그 손이 서서히 사라지고 있다는 것을 생명은 눈치 채지 못했다. 왜냐하면 조련사를 신뢰했기 때문이다.

스르르 눈을 감고 자신의 손을 옆으로 가만히 내리면서 허공에 입맞춤을 하는 생명, 수줍음에 얼굴까지 살짝 붉어지려는데 이게 웬일? 깜짝 놀라 눈을 떠 보니 어느새 자기 입에 '은근'의 입이 닿아 있는 게 아닌가! 더구나 빙글빙글 장난스러운 웃음기까지 머금은 은근의 얼굴이라니!

"요것이 또 날 약 올리고 있어!"

"하하하, 놀랐지? 내가 너 연기 도와주는 거야. 고맙게 생각하라고. 그래야 죽은 물고기 또 얻어먹지."

"이게 또 시작이네. 은근이 너 맨날 은근히 날 약 올리는데, 이젠 나도 죽은 물고기 안 먹을 거니까 더 이상 그러지 마!"

"응, 어떻게? 어떻게 네가 죽은 생선을 안 먹을 수가 있어? 네가 무슨 바깥세상으로 도망이라도 간다는 거니? 명이 아줌마, 지금 생명이가 무슨 소리를 하는 거예요? 오늘 조련사 누나랑 뽀뽀를 하더니 아직도 해롱해롱하는 것 같죠?"

혹등고래 은근이 장난을 멈추지 않으면서도 샐쭉한 얼굴로 생명을 쳐다보다가, 곧바로 명이를 향해 자기편을 들어 달라는 표정을 짓는다. 명이는 둘의 토닥거림을 빙그레 웃음 띤 얼굴로 바라보기만 할 뿐 둘 사이에 끼어들 생각은 없다.

"그래, 갈 거다. 나도 바다로 갈 거라고!"

은근의 얼굴에 어느새 장난기가 가셨다. 은근의 거대한 몸집에 가려진 채 뒤따라 들어온 'LOVE'도 생명의 뜻밖의 말에 고개를 갸우뚱한다. 은근은 생명의 진의를 파악하려는 듯 고개를 갸웃하며 미심쩍은 표정을 짓는다. 생명은 반사적으로 엄마 명이 쪽을 쳐다본다. 엄마의 눈치를 살피는 크고 검은 두 눈에 겁이 어려 있다. 명이는 부드럽게 생명의 눈길을 받으며 괜찮다는 메시지를 보낸다.

"아니, 그냥 해 본 소리야. 내 주제에 무슨 살아 있는 물고기를 먹을 수 있겠냐? 너는 좋겠다. 곧 바다로 돌아가니까. 그래도 너무 잘난 척하지 마."

엄마의 눈짓에 안심한 생명은 과장되게 고개를 떨구며 은근이 앞에서 기가 팍 죽은 시늉을 한다.

#5. 은근의 바다

　생명과 은근이 토닥토닥하는 것을 웃음을 머금고 지긋이 바라보는 명이. 두 아이는 씨 월드의 단짝이지만 생명은 씨 월드에서 태어났고, 은근은 바깥세상에서 출생하여 씨 월드로 입양되었다. 은근은 엄마 아빠와 함께 남극에서 호주로 여행하며 먹던 크릴새우의 향긋한 맛을 잊을 수 없다. 입을 '아' 벌리기만 하면 마치 진공청소기로 빨아들이듯 무진장 쏟아져 들어오던 손톱만 한 크릴새우. 은근이 생명에게 '산 물고기'를 먹어 본 적 있냐고 자랑할 때는 크릴새우가 머리에 떠오를 때다.

은근은 워낙 몸이 커서 더 이상 씨 월드에서 생활할 수 없다. 그래서 다시 바다로 보내질 예정이다. 두 달 전부터 일주일에 한 번씩, 씨 월드 앞바다에 큰 원을 둘러치고 바다 적응 훈련을 받고 있다. 바다 적응이란 야생성 회복과 동일한 말이다. 은근은 곧 크릴새우를 다시 먹을 수 있게 될 것이다.

은근이 생명을 제 등에 태워 한 바퀴 휙 돌린다. 은근은 기분이 좋을 때 자기도 모르게 생명을 덥석 안아 올려 공중제비를 하듯 띄워 올리곤 하는데, 오늘 은근은 유난히 생명과 가까이 있고 싶다. 생명을 제 등에 얹고 장난스럽게 물을 끼얹는 은근. 연이어 부드러운 동작으로 생명을 제 가슴 쪽으로 미끄러뜨리더니 부풀어 오른 앞 지느러미를 펄럭이며 생명을 감싸 안고, 마치 아기를 어르듯 두둥실두둥실 구름 가마를 태우는 시늉을 한다.

생명은 여자인 은근이 자신을 마치 공깃돌처럼 갖고 노는 것에 은근 기분이 상할 때도 있지만, 그래도 은근이만큼 자기의 마음을 알아주는 친구는 없다고 여긴다. 하지만 오늘 생명의 표정은 심각하다. 오늘 엄마의 고별 무대가 자신에게도 고별 무대라는 것을 엄마와 자신만의 비밀로 마음 안에 가둬

뒤야 하기 때문이다. 생명은 훌쩍 어른이 된 느낌이다.

'앞으로 나는 어떤 상황에서 어떤 책임을 져야 하는 걸까?'

생각에 잠기는 생명. 생명의 턱 밑에서 하얗게 막 돋아나기 시작한 수염을 살짝 당겨 보고 머리를 앞발로 토닥토닥 두드리며 생명의 주의를 끌려고 애쓰는 은근.

'만약 은근처럼 나도 바다에 나가 크릴새우를 먹게 된다면 크릴새우에 대해 나는 어떤 책임을 져야 하는 걸까?'

생명의 표정은 혼란스럽다. 크릴새우를 잡아먹으면서 크릴새우에게 책임을 진다는 의미가 무엇인지, 어째서 그런 일에 '책임'이라는 말을 쓰는지 이해하기 어려운 생명. 생명은 문득 엄마와 나눈 대화를 떠올린다.

"생명아, 우리는 씨 월드에 살고 있기 때문에 책임이나 배려를 제대로 실천할 수가 없어. 어차피 우리에게는 먹이에 대한 권한이 없으니까. 사람들이 주는 대로밖에는 먹을 수가 없으니까."

"그런데요, 엄마?"

"우리는 배고파 본 적이 없지만, 그렇다고 우리가 원하는 것을 원하는 때에 먹어 본 적도 없지. 하지만 바다에 산다면 서로서로 책임을 나눠 가져야 해. 왜냐하면 그때 우리에게는 권한도 함께 주어질 테니…"

"책임과 권한이라고요? 이해하기 어려운 말이에요."

"가령 배가 고파서 물고기를 잡아먹었다 할 때 그건 어쩔 수 없는 일이야. 왜냐하면 모든 생명은 자기가 살아가기 위해서 다른 생명을 해치게 되어 있거든. 해친다는 표현보다는 필요로 한다는 말이 더 맞겠다. 생명은 원래 그렇게 유지되는 거니까. 하지만 더 많이 먹기 위해서, 뒀다 나중에 먹기 위해서, 심지어 재미 삼아 다른 생명을 해치는 것에는 책임을 따져 물어야 해."

"그럼 바다에서는 배가 부른데도 계속 먹는 게 나쁜 행동인가요? 엄마 말은 제게 너무 어려워요. 하지만 굉장히 중요한 것 같아요."

생명은 이제 곧 바다로 가게 된다. 하지만 혹등고래 은근처럼 동물원의 프로젝트에 의해서가 아니다. 생명은 엄마와 아빠를 대신해 '생명의 바다'로 나가기로 약속되어 있다. 그것은 엄마 아빠와의 약속이기도 하지만 자신을 있게 한 바다와의 약속이기도 하다.

은근은 그런 사실을 까맣게 모른 채 생명의 턱 밑에서 꼼지락거리더니 어느새 꼬리지느러미를 만지작거리며 생명에게 은근히 몸을 기댄다. 생명의 얼굴에 그런 은근에 대한 안쓰럽고 애틋한 표정이 묻어 나온다.

'은근이는 지금 어떤 마음일까? 아무도 없는 바다로 혼자 나가서 살아야 하는 게 무섭지 않을까? 은근이의 명랑 쾌활한 성격으로 봐서는 망망대해에서도 씩씩하게 잘 살아갈 것 같지만, 정말 자신이 있을까?'

바다 한가운데까지 가서 적응 훈련을 받고 온 날이면 의기양양, 은근의 자랑이 하늘을 찌르지만 아무리 바다 한가운데라도 그건 어디까지나 동물원에서 쳐 놓은 가두리 안의 바다일 뿐이다. 금이 쳐지지 않은, 난간이 없는 생존의 터에서도 은근이 잘 살아갈 수 있을지 생명은 걱정과 염려가 되었다.

생명은 그런 마음을 감추며 은근의 얼굴을 은근히 바라본다. 생명의 갑작스러운 시선에 당황한 은근, 자신도 모르게 발그스레 볼이 달아오르자 부끄러움에 그만 시선을 돌린다.

언제나 그렇듯 생명과 은근의 옆에 다소곳이 있던 LOVE가 그제야 빙그레 웃는다.

울분의 바다

#6. 그냥의 독설

노트북을 들고 명이의 방을 기웃거리는 침팬지 그냥. 여름 밤은 깊어 가지만 고별 무대에 섰던 명이도 잠을 이루지 못하고, 생명과 은근도 명이 곁을 떠날 줄 모른다. 은근은 엄마가 있는 생명이 은근히 부럽다. 그래서 저녁밥을 먹은 후면 생명이네로 놀러 와 명이 아줌마 옆에서 잠드는 것을 좋아한다. 아줌마한테서는 엄마 냄새가 난다. 비록 바다사자들은 고래보다 몸집이 작지만 명이 아줌마의 포근하고 따스한 마음은 온 바다를 덮을 만큼 크고 넓다.

은근과 생명은 저널리스트 침팬지 그냥도 좋아한다. 하지만 그냥이 골똘한 생각에 잠겨 있을 때는 대하기가 약간 어렵다. 그냥은 이따금 하늘을 멍하게 올려다보며 의미 없이 눈망울을 굴리는가 하면 손톱으로 머리를 긁적이며 손톱 사이에 낀 때나 이를 멍한 눈으로 바라보기도 한다.

"주무시나요? 여름밤은 짧기만 한데 잠이 오질 않아서 염치 불구하고 이렇게 또 찾아왔습니다. 모두들 잠든 틈을 타서 몰래 빠져나오려다 보니 그만 더 늦어지게 되었네요."

"아니, 아직 안 자고 있었습니다. 마침 아이들도 오늘 밤엔 들떠서 잘 생각을 않고 장난들을 치고 있네요. 어서 들어오세요. 그런데 마실을 나오면서도 노트북을 들고 오셨네요. 인터뷰를 계속하실 건가요, 이 밤에?"

"아닙니다. 그저 버릇인 거죠, 뭐. 이놈을 옆에 끼고 다니지 않으면 왠지 허전해서요."

명이의 말에 멋쩍은 듯 별 뜻은 없다고 대답하는 그냥. 그냥은 명이의 남편이자 생명의 아빠인 '자연'이 살아 있을 때 좋은 대화 상대자였다. 둘은 인간과 동물, 자연과 생명에 대해 열띤 토론을 벌이곤 했는데, 그때마다 명이는 둘의 이야기를 유심히 듣곤 했지만 함부로 끼어들거나 이렇다 할 반응을 보이지는 않았다.

자연이 세상을 떠나자 그냥은 이제 멍이와 이따금 대화를 나누지만, 엄밀히는 대화라기보다 울분 섞인 자신만의 넋두리일 때가 많다. 그럴 때마다 멍이는 그저 들어 주는 역할을 할 뿐이다. 남편 자연에게도 그랬듯이 말이다. 오늘도 그냥은 묵은 '레퍼토리'를 쏟아낸다.

"제발 인간이 우리한테서 진화되었다고 하지 말라고 해. 재수 없게 스리."

그냥 특유의 냉소가 또 시작된다.

"우리가 언제 지들처럼 싸움하길 좋아하고 죄 없는 동물들을 잔인하게 죽이고 속이고 가죽을 벗기고 했느냔 말이야. 지들의 그 악랄하고 인정머리 없는 행동이 우리한테서 진화된 거라고? 참 기가 막히고 코가 막혀서. 그런데도 우리가 지들 조상이라고? 그래서 우리를 훈련시키면 언젠가는 소설도 쓸 수 있게 된다고 했나, 지들처럼? 빌어먹을. 소설은 지들이나

58

쓸 일이지. 내가 알기론 지들끼리도 경쟁이 치열하다는데 왜 침팬지까지 글 판에 끌어들이려 하나 몰라. 보나마나 또 웃음 거리로 만들고 싶어서겠지."

거침없이 독설을 쏟아내는 그냥. 본인도 동물원의 저널리스 트로서 자기 책을 내고 싶다 하면서도 막상 책이 나오면 그게 또 인간들의 구경거리가 될 거라며 열부터 낸다. 아프리카를 떠나 씨 월드에서 어느덧 중년의 나이에 이른 그냥에게는 인 간에 대한 증오가 사무치게 서려 있다.

"그나저나 정말 수고하셨소, 명이 아지매. 근 20년을 하루 같이 그 징한 무대에 섰으니. 무식하고 무자비한 인간들 비위 맞추느라 얼마나 고생하셨소?"

그냥은 명이를 장난삼아 아지매라 부르며 분위기를 바꾼다. '명이의 날'이라고 할 수 있는 오늘, 아까처럼 명이를 우울하게 해서는 안 된다는 생각이 들기 때문이다.

"꼭 그런 것만도 아니었어요. 사람들은 원체 호기심이 많잖아요. 낮에도 말했지만 자기들끼리 공을 던지고 받고, 숫자를 맞추고, 숨기 놀이를 하고 그러면 될 텐데 왜 우리한테 그걸 시키지 못해서 안달인지. 그럴 땐 고달픈 생각도 들지만, 어쨌거나 사람들 덕에 우리가 안전하게 살면서 먹을 것 걱정 안 해도 되니 감사한 일이라고 생각합니다. 까짓 거 재주 부리는 거, 별로 어렵지도 않잖아요. 하하."

"그게 아니죠, 멍이 아지매. 아지매는 잘나가다가 이따금 삼천포더라. 사람들은 우리를 데려다 돈을 벌 생각만 하는 거예요. 잘 알면서 왜 그러세요? 우리를 원래 살던 곳에서 강제로 잡아 와서는 자기들 좋자고 서커스를 시키고 있는데 뭐가 감사하다는 거예요? 아, 참 답답해. 사람들은 무조건 나빠요. 우리들을 못살게 굴고 조롱을 하고 쇼를 시키며 웃음거리로 삼잖아요. 우리를 기계처럼 취급하면서 자기들이 원하는 대로 우리가 조종되지 않을 땐 서슴없이 매를 들기도 하고. 우리에게는 아무 감정이 없다고 생각하는 거예요."

"그렇지 않을 거예요. 그렇다면 우리에게 왜 박수를 받게 하겠어요? 우리가 칭찬과 박수를 더 좋아하고 야단맞고 매 맞는 것을 싫어한다는 사실을 사람들이 안다는 거잖아요. 그 말은 우리에게도 희로애락의 감정이 있다는 것을 인정한다는 의미지요. 저는 우리에게 보여 주는 인간들의 따스한 감정을 신뢰하고 있어요. 그리고 은근이만 해도 부모를 잃고 고아가 되어 바다에 한동안 혼자 버려졌을 때 먹이를 구별 못해서 스티로폼 조각을 삼킨 적이 있대요. 죽을 뻔한 상황에서 사람들의 도움으로 살아났다고 해요."

"바다에 스티로폼을 버린 게 애초 누군가요? 바로 인간들이잖아요. 인간들만 아니었으면 은근이 목구멍에 그게 걸릴 일도, 은근이가 부모를 잃을 일도 없었을 것 아닌가요?"

#7. 명이의 꿈길

분노가 치민 그냥이 명이를 답답해하며 식식거리면서 자기 숙소로 발길을 돌리자, 명이는 명이대로 울적해진다. 그냥의 마음과 말을 이해하지 못하는 건 물론 아니다. 하지만 현실의 벽은 견고하기 이를 데 없으니 자신들이 바꿀 수 있는 것과 없는 것의 차이를 받아들여야 한다고 생각한다.

명이가 볼 때는 바꿀 수 없는 일을 받아들이는 게 곧 운명에 굴복하는 의미는 아니건만 그냥의 생각은 요지부동이다. 세상을 떠난 남편 자연도 그냥과는 또 다른 이상주의자였다.

그냥 아저씨의 울분 어린 성토에 슬그머니 기분이 가라앉은 생명과 은근은 하던 장난도 멈추고 스르르 잠이 든다. LOVE도 자신의 우리로 돌아가지 않고 그냥 그 옆에서 잠든다. 크리스마스이브의 밤이 고요히 깊어 간다.

　　그렇지만 밖에서는 남반구 특유의 한여름의 크리스마스와 연말연시를 맞이하기 위해 세계 각국에서 몰려온 여행자들의 축제가 한창이다. 자정이 가까울수록 열기는 더해 간다. 호주를 찾는 관광객들에게는 1년 중 가장 아름답고 흥겨운 시간인 것이다. 초저녁부터 작동된 씨 월드 중앙에 위치한 음악 분수는 자정 무렵 멈추었지만, 사람들이 뿜어내는 밤의 열기는 좀처럼 식을 줄 모른다.

　　이제 며칠 후, 그믐밤이 되면 음악 분수의 뒤를 이어 새해맞이 불꽃놀이가 스펙터클하게 펼쳐질 것이다. 매년 첫 축포가 '쓩~' 하는 소리와 함께 '펑!' 하고 터진 후, 연이어 토해진 불로 깜깜한 밤하늘이 순식간에 오색 별들로 뒤덮인다.

　　웅장하며, 때로는 경쾌하게 통통 튀는 오케스트라 선율에 맞춰 '펑, 펑' 터지는 불꽃에 사람들은 서로 어깨를 감싸 안고 경탄을 하며 황홀감에 취한다. 마치 무엇에 홀린 듯 들뜬 기분으로 모르는 사람끼리도 자연스럽게 어깨걸이를 하고, 연인들은 서로의 볼을 쓰다듬으며 눈을 맞춘다. 그 순간만큼은 순수한 마음이 되어 상대를 내 안에, 나를 상대 안에 들여놓는 것에 주저함이나 인색함이 없다.

  같은 날 밤 명이는 꿈을 꾼다. 크리스마스이브처럼 화려하고 들뜬 밤은 아니지만 고요하고 포근하고 평화로웠던 어린 시절의 밤길을 명이 혼자 가만가만 찾아간다. 벌써 백 번도 더 가 본, '꿈에서도' 찾아갈 수 있는 명이의 꿈길이 아련하게 펼쳐진다. 명이는 꿈속에서만큼은 서커스단의 바다사자가 아니다. 고깔모자를 쓰고 우스꽝스러운 몸짓으로 뒤뚱거리며 사람들의 웃음거리가 되거나 조련사들로부터 먹이나 받아먹는 무기력한 바다사자가 아니다.
  명이는 강치다. 아시아의 동쪽, 작지만 정갈한 반도의 나라, 그리고도 또 동쪽 끝의 의연한, 그러나 아름답고 작은 두 개의 돌섬, 대한민국 독도의 주인, 강치다.

#8. 강치의 천국

엄마 젖을 물고 잠이 든 명이. 하얀 배를 드러낸 채 입가에는 묽은 젖이 묻어 있다. 평화롭게 새근새근 잠이 든 아기 강치 명이. 엄마 배 속에 있을 때의 꿈을 꾸는지 예쁘고 자그마한 입가에 배시시 미소가 번진다. 명이 옆에는 등짝과 배에 모래를 잔뜩 묻힌 오빠가 '푸푸', 이리 뒹굴 저리 뒹굴, 꿈속에서 미역이라도 감는 듯 앞 지느러미로 활갯짓을 하며 자고 있다.

오빠는 아닌 게 아니라 미역 한 자락을 이불처럼 몸에 둘둘 감고 있다. 동생 명이가 태어난 이후 엄마 아빠의 사랑을 확인하려고 일부러 '땡깡'을 부려 부모님으로부터 매를 '버는' 오빠다. 심술이 나면 명이의 조그마한 귀를 잡아당기거나 젖을 먹고 있는 명이를 엄마 가슴에서 쏙 떼어내 버리기도 한다. 하지만 자기는 짓궂게 굴더라도 조무래기들이나 또래 강치들이 명이를 괴롭히지 못하게 든든히 지켜 주는 믿음직한 오빠다. 그뿐만 아니라 "내 동생, 예쁜 내 동생!" 하면서 자랑이 이만저만 아니다. 명이는 꿈속에서 오빠 몸에 감긴 미역 줄기를 오물오물 씹으며 오빠의 꽁무니를 따라 아장아장 걸음마를 한다.

오빠는 아빠와 함께 수영도 하고 고기 잡는 법도 배운다. 온종일 명이를 돌보다 지친 엄마는 명이가 잠든 틈을 타서 잠깐씩 남편을 따라 바닷속으로 들어가 자맥질을 할 때도 있다. 하지만 아직 젖먹이인 명이에게서 한시도 눈을 뗄 수 없기에 남편과 아들이 제법 먼 바다로 갈 때면 명이와 함께 동굴 어귀에서 손을 흔들며 잘 다녀오라 인사를 한다.

덩달아 바빠진 괭이갈매기도 맴을 돌며 고양이 울음소리를 낸다. 고양이 울음을 내기 때문에 이름이 괭이갈매기다. 하얀 머리, 하얀 가슴, 하얀 배를 가진 괭이갈매기들은 강치들과 함께 하루를 시작하고 하루를 끝맺는다. 노랗고 빨갛고 까만 색동부리를 가진 괭이갈매기들은 독도의 풀숲에 둥지를 틀고 5월에서 8월이면 크고 작은 바위 틈새를 콩알만 한 알들로 하얗게 메운다. 까만 강치들과 하얀 괭이갈매기들로 온통 뒤덮인 독도, 꿈속의 명이에게 그곳은 천국이다.

　아빠와 오빠는 독도로 고기잡이를 오는 어부들과도 친하게 지냈다. 전복이나 미역을 따는 해녀 아줌마들도 좋아했다. 사람들은 강치를 독도의 주인으로 깍듯이 대우했다. 강치들은 외로운 돌섬의 친구이고, 돌섬은 강치들의 천국이기 때문에.
　그러니 사람들은 마치 남의 집에 방문 온 것처럼 강치와 독도를 존중했다. 어민들은 주로 울릉도에 살면서 낮에는 독도에서 고기를 잡았다.

"강치들아, 간밤에 모두들 잘 잤냐? 오늘은 바람도 안 불고 햇볕도 짱짱해서 너희들 놀기도 좋겠구나. 이런 날 우리는 고기를 좀 많이 잡을 수 있으면 좋겠다만. 잘 부탁한다, 얘들아. 강치 대왕님, 특별히 좀 도와주십시오."

일찌감치 멱도 감고 맛나게 아침도 먹은 후 너럭바위에 나른하게 누워 부드러운 햇살을 즐기고 있는 강치들을 향해 고기잡이배를 해안에 대면서 어부들이 반갑게 인사를 한다. 강치들도 '까윽 까윽' 반기며 사람들을 맞는다. 명이 아빠는 강치들 가운데 우두머리, 즉 대왕이다. 강치대왕은 키가 3미터가 넘고 몸무게가 1톤에 육박하는 거대한 몸집을 일으켜 큰소리로 호령한다. 그럴 때면 여자 강치들이나 어린아이들은 물론, 모든 남자 강치들도 그 기세에 눌려 일제히 고개를 조아린다.

"까윽, 까윽, 이따가 고기를 좀 몰아 드릴게요. 멸치, 오징어, 고등어, 꽁치 중에서 오늘은 뭘 좀 잡아 드릴까요?"

큰 눈망울 사이가 뚝 떨어져 있는 강치의 얼굴 생김새는 언뜻 소를 닮았다. 수컷 강치들이 고기잡이배를 향해 뒤룩뒤룩 눈알을 굴리며 어민들에게 인사할 때면 꼭 그렇게 보인다.
명이의 아빠는 어민들이 그물을 던지는 곳 언저리 바다 밑에서 고기를 그물 가까이 몰아준다. 오빠는 오빠대로 한바탕 물질로 미역 줄기를 두르르 두루마리처럼 몸에 말고 나와서 해녀들의 환심을 산다.

그러다 해거름이 되면 어부들은 서둘러 울릉도로 돌아가고 강치들도 보금자리에 들어 평온한 밤을 맞는다. 대왕 강치 가족 명이네도 불쑥 치솟아 있는 두 돌섬 중 큰 가제바위 틈새 동굴에서 평화로이 잠든다.

#9. 트라우마의 그림자

하지만 그날은 달랐다. 바위 틈 그늘 진 모래밭, 명이는 막 포근한 낮잠에서 깨어났지만 왠지 사방이 낯설어 보인다. 어느새 어둑한 해거름 기운이 서려서만은 아니다. 미역을 몸에 두르고 장난스럽게 미역을 감던 개구쟁이 오빠도, 동굴 입구로 전갱이가 쏟아져 들어오게 하여 엄마를 기쁘게 하던 아빠도, 동굴을 스치듯 기웃대던 괭이갈매기도 보이지 않는다.

'왜 이렇게 조용할까. 나 혼자만 남겨 두고 모두들 어디로 간 걸까?'

바다는, 독도는 마치 질식할 것 같은 정적에 짓눌려 있다. 명이는 가제바위 틈새로 가만히 얼굴을 내밀어 본다. 해가 지면서 하늘이 붉게 물들기 시작한다. 그러나 석양 너머 맞은편 동도의 모습이 아무래도 이상하다. 기분 나쁘고 무서운 사방의 침묵 속에서 명이는 이윽고 훌쩍훌쩍 울기 시작한다.

'엄마, 아빠, 오빠 모두들 어디 있는 거예요? 왜 명이 혼자 남겨져 있나요? 엄마 배고파요, 그리고 무서워요.'

명이의 가냘픈 울음소리만 허공을 맴돈다. 그날 이후 명이는 엄마와 아빠를 만나지 못했다. 자신의 보드라운 볼에 닿던 아빠의 까칠한 수염도 더는 느낄 수 없고, 포근하고 다정한 엄마의 품에도 다시는 안길 수 없었다. 모자반 따위를 장난감처럼 따다 주던 오빠와도 영영 이별이었다.

명이를 둘러싼 바다는 점점 붉어지고 있다. 붉은 바닷물이 집 안으로 밀려들기 시작했지만 어린 명이는 하늘이, 석양의 하늘이 점차점차 낮게 드리워져 바다까지 붉게 물든 것이라고만 생각한다. 자신의 붉은색 트라우마가 그렇게 시작되고 있었음을, 어린 명이는 알 턱이 없었다.

#10. 학살의 기억

"명이 씨, 왜 씨 월드에서 살게 되었습니까?"

꿈속에서도 명이를 인터뷰하는 그냥. 꿈속의 명이는 대답 대신 되레 그냥에게 묻는다. 동물원에 사는 동물들은 저마다 사연이 있다는 것을 명이는 잘 알기 때문이다.

"그냥 씨, 당신은 어떻게 해서 여기서 살게 되었나요?"

갑자기 황망한 표정을 짓는 그냥. 시니컬하거나 분노 폭발 직전의 평소 모습과는 다르다. 그냥은 대답 대신 어깨를 늘어

뜨리며 발밑만 내려다본다. 손에도 힘이 빠지는지 노트북을 가슴께에 감싸 안은 채 그 자리에 주저앉고 만다.

"명이 아지매, 저는 어릴 적에 결코 잊을 수 없는 무서운 일을 당했어요. 아지매도 그렇지요? 아마 동물원 식구들은 거의 그럴 걸요. 슬프디슬픈 기억이 있을 걸요. 제게도 아주 슬픈 날의 끔찍한 기억이 있지요."

짐작은 하고 있었지만 새삼스럽게 그냥의 상처를 덧건드리는 건 아닌가 하여 명이의 얼굴에 후회의 빛이 스친다.

"원하지 않으면 말씀 안 하셔도 되요. 저는 그저…."
"아니에요, 명이 씨. 실은 누구에게도 열어 본 적 없는 마음을 갑자기 열려니까 당황해서 그래요. 그간 글을 쓰면서도 해결되지 못한 이 문제가 마음 깊은 곳에서 불쑥불쑥 올라와 그럴 때마다 도망가거나 한쪽으로 밀쳐 두곤 했지요. 그런데 오늘 명이 씨가 이렇게 갑자기 물으니 마음 한편에선 지금껏 가져 보지 못했던 용기가 솟는 것도 같네요."

말은 그렇게 하면서도 그냥의 얼굴은 노기로 붉어진다. 분을 참으려는 의지와는 상관없이 그냥의 안면 근육이 실룩대기 시작한다. 그날, 그 화창하던 날, 행복한 일상이 한순간에 곤두박질치던 날이 다시금 칼날이 되어 무기력하게 웅크리고 있는 꿈속의 그냥에게 운명처럼 쏟아진다.

유난히 밝고 맑은 햇볕이 나뭇잎에 반짝반짝 반사되던 아름다운 아프리카 숲 속의 오후, 그늘도 짙고 먹을 것도 풍성한 침팬지 마을. 엄마, 아빠, 그냥은 단란하고 화목한 가족이다. 엄마 아빠는 다정하게 손을 잡고 어디든 늘 함께 다닌다. 산책을 갈 때도, 먹이를 구하러 갈 때도 엄마 아빠는 늘 붙어 있다.

그냥은 그런 엄마 아빠의 양손을 잡고 촐싹대며 사방을 두리번거리거나 번갈아 안기며 아양을 부리는 애교 덩어리다. 그러다 엄마 아빠가 털 고르기를 하면서 애정 표현을 할 때면 둘 사이에 쏙 끼어들어 벌러덩 누워 버린다. 자기의 사랑을 빼앗긴 것 같아 질투가 나는 것이다. 그러면서 엄마에게 안아 달라고 떼를 쓰거나 아빠의 머리에 올라타 머리털을 잡아당기며 심술을 부리곤 한다.

그날도 그랬다. 한 가지 다른 점이 있다면, 마을이 이상하리만치 조용했다는 것뿐. 언제나 시끄럽게 재잘대던 산새들도 그날은 입을 꼭 닫고, 숲 속 웅덩이 물조차 지루하게 고여 있다. 풀숲에서 나른하게 몸을 부리고 꼬박꼬박 졸던 물뱀들도 동그랗게 몸을 말아 스르르 웅덩이 속으로 들어간 후다. 다람쥐도, 도마뱀도 나뭇가지에 걸터앉아 고개만 빠꼼 내밀다가 이내 몸을 숨긴다.

　숲 속 나들이를 나온 그냥이네 가족만 한낮의 그 기분 나쁜 정적에 사로잡혀 있다. 함께 놀던 친구와 침팬지 아저씨, 아줌마들도 어디로 갔는지 보이지 않는다. 해님조차 질식한 듯 흰빛을 뿜어내는 정오. 으스스한 낌새를 애써 떨치며 발걸음을 재촉하는 그냥이네 가족 앞에 '사사삭' 하는 소리와 함께 한 무리의 사내들이 날렵하게 모습을 드러냈다.

　그냥은 그때 사람을 처음 보았다. 온몸에서 뿜어져 나오는 살기, 눈곱만큼의 연민도 없는 살해 기계, 그것이 사람의 정체라는 것을 그냥이는 곧바로 확인하게 된다.

　눈 깜짝할 사이에 그냥의 가족을 에워싼 세 남자. 험상궂은 표정에 독기가 매섭게 서려 있다. 아빠와 엄마, 그냥은 도대체 지금 무슨 일이 일어나고 있는지 판단을 내릴 수가 없다. 아빠 엄마는 본능적으로 그냥이를 자신들 사이에 숨길 뿐, 사람들에게 저항할 어떠한 방법도, 무기도 없다.

그 순간 '번쩍' 햇빛에 반사되는 금속성 물체가 아빠의 정수리에 내리꽂혔다. 날카로운 도끼에 두개골이 찍히며 피가 솟구쳐 오른다. 콸콸 쏟아지는 핏물이 아빠의 두 눈알에 고여들다 이내 흘러넘쳐 볼을 적시고 몸을 타고 내렸다. 피가 발등을 적실 즈음, '쿵' 하고 커다란 나무둥치처럼 그 자리에서 고꾸라졌다. 허공을 향해 허위허위 헛손질을 하는 아빠는 이렇다 할 저항 한번 하지 못하고 눈을 부릅뜬 채 가쁜 숨을 몰아쉬며 죽어 갔다.

엄마는 아빠의 처참한 모습 앞에 이미 정신을 반쯤 잃었다. 뒤이어 쇠망치가 엄마의 어깨를 가격하기 시작했지만 고통을 느낄 새도 없을 만큼 제정신이 아니다. 아빠의 피가 질펀히 묻어 있는 도끼와 쇠망치가 혼절한 엄마의 머리를 번갈아 찍지만, 엄마는 여전히 그냥을 품에 꼭 안은 채다. 그냥의 몸은 엄마가 흘린 피로 빨갛게 물들어 갔다.

그냥은 눈앞에 벌어지고 있는 현실을 도저히 받아들일 수 없다. 왜 엄마 아빠가 갑자기 처참하게 죽어 가야 하는지, 왜 자신들을 죽이는 또 다른 존재가 이 세상에 존재하는지, 그저 말도 안 될 뿐이기에 외마디 비명만 질러댔다.

"까악, 까악, 까아~~~악!!!"

머리를 두 손으로 싸쥐고 죽어 가는 엄마 아빠 옆에서 풀썩 풀썩 제자리 뛰기를 하며 미친 듯 울부짖는 그냥. 그렇게 엄마 아빠를 무참히 살해한 사람들이 이번에는 자신을 에워싸며 포위망을 좁혀 오지만 이제 자기 차례라는 본능적 공포도 느낄 새가 없다. 세상이 온통 하얗게 표백되어 유령처럼 너울댈 뿐 현실감은 이미 상실한 뒤다.

점점 정신이 혼미해지며 가물가물 정신을 잃어 가는 그냥을 덮쳐 오는 우악살스런 손, '시~익' 하고 드러나는 흰 치아가 까무룩히 의식을 잃어 가는 그냥이의 뇌리에 쐐기처럼 박혔다.

"사람들이 휘두른 도끼에 머리가 쪼개지며 무너진 아빠, 나와 엄마를 안타깝게 바라보던 아빠의 절망 가득한 눈, 공포와 고통으로 일그러지던 엄마의 얼굴, 피범벅이 된 엄마의 애처로운 눈동자를 잊을 수 없어요. 그것들은 지금까지 나를 따라다니며 불쑥불쑥 나를 괴롭히는 악몽이랍니다. 인간이, 인간이 너무나 미워요. 엄마 아빠를 죽이고 나를 잡아다 이 동물원에 가둔 인간을 할 수만 있다면 다 죽이고 싶어요."

#11. 홀로코스트

  붉은 바닷물이 명이네 보금자리로 밀려들어 온다. 걸쭉하고 탁한 붉은색과 비릿한 냄새에 알 수 없는 악취가 섞여 있다. 자신의 하얀 솜털을 휘감아 오는 끈적임에 명이는 진저리를 친다. 명이는 어느새 불그죽죽한 빛깔의 흉한 아기로 변했다. 동굴 입구로 검붉은 반점이 군데군데 섞인 허옇고 벌건 덩어리가 둥둥 떠내려간다. 냄새와 끈적임의 정체가 저것일지도 모른다는 생각이 어린 명이의 머리에 언뜻 스친다.

  바람을 타고 "아윽 아윽" 하는 슬프고도 고통스러운 신음 소리, 덩치 큰 어른 강치들의 처절한 울음 속에 가녀리고 애처롭게 울부짖는 아기 강치들의 공포에 찬 신음 소리가 섞여 든다. 가제바위 저 너머에서 강치들이 떼죽음을 당하고 있는 중이었다. 그러나 일본의 강치 사냥꾼들의 학살이 하루 종일 이어지고 있다는 것을 어린 명이는 알 턱이 없다.

겁에 질려 입술이 파리해진 명이는 이제 허기진 것도 잊고 가슴으로 감겨드는 끈적한 붉은 물을 여린 지느러미로 밀쳐 내며 더듬더듬 돌 벽을 의지한 채 바깥으로 몸을 내민다. 그 순간 미끄러운 돌이 발부리에 걸리면서 명이의 어린 몸뚱이 가 그만 바닷물로 내동댕이쳐진다. 한 번도 헤엄치는 법을 배 운 적이 없지만 얼결에 지느러미가 물속에서 버둥댄다.

그제야 한데 엉겨 오돌오돌 떨고 있는 제 또래의 아기 강치 들이 명이의 시야에 들어온다. 모두들 명이처럼 엄마 아빠를 잃었지만 아기 강치들은 너무 어려서 찾아 나서지도 못한다. 아직 헤엄치는 법을 배우지 못했기 때문이다. 아기 강치들은 물속에서 발돋움을 시늉하며 파랗게 질려 가고 있다.

마치 큰 돌덩이나 바위를 끌 때 나는 소리처럼 "크렁크렁" 하는 절규 속으로, 위험 신호를 보내는 아빠 강치들의 다급하고 성난 음성이 들려온다. 엄마 강치와 어린 강치들이 뒤엉켜 내지르는 비명 소리도 섞여 든다. 명이는 그 속에서 강치대왕 아빠의 목소리를 또렷이 듣고 있다. 강치들의 앞장을 선 아빠가 극악한 상대를 물리치기 위해 사투를 벌이고 있다는 것을, 비록 어리지만 어렴풋이 느낄 수 있다.

명이 앞으로 흘러드는 바닷물은 이제 온통 붉다. 무슨 연유인지 하늘이 붉은 눈물을 흘리고, 바다가 큰 그릇이 되어 그 눈물을 담아내고 있는 거라고 명이는 생각한다.

배고픔과 공포로 까무룩히 혼미해지는 명이, 그러나 아빠의 분노에 찬 절박한 다그침은 또렷이 귓전에 맴돈다. 겁에 질리고 허기진 다른 아기 강치들은 하나둘씩 정신을 잃어 간다. 막 돋아나는 하얗고 고운 명이의 솜털 밑 피부가 파랗게 변하기 시작한다. 체온이 점점 떨어지고 있는 것이다. 그때 만신창이 몸을 끌 듯하면서 허둥지둥 이쪽을 향해 헤엄쳐 오는 오빠 또래의 강치가 흐려져 가는 명이의 시야에 들어온다. 오빠의 단짝 '자연'이다.

오빠들은 노란 해가 떠오를 때면 아침부터 바닷속을 헤집고 다니며 모자반, 미역 줄기를 몸에 감고 놀기를 좋아했다.

미역귀를 따다가 명이의 등을 간지럽히다 놀란 명이가 '앙' 하고 울음을 터뜨리면 엄마가 달려와 오빠들을 야단쳐 주곤 했다. 엄마에게 혼이 난 오빠들은 명이 곁에서 쫓겨나 가제 바위 위에서 힘겨루기 씨름을 하며 놀다가 고기잡이배가 오는 것을 보면 곧장 어부 아저씨들에게 다가가 재롱을 피웠다. 아저씨들이 잡아 놓은 물고기를 '슬쩍'해 놓고는 시치미를 떼다가 혼쭐이 나는 것도 능청스러운 오빠들에게는 재미있는 일상이다.

그런 장난꾸러기 자연 오빠가 지금은 전혀 다른 얼굴이다. 웬일인지 그림자처럼 붙어 다니던 명이의 오빠도 보이지 않는다.

"명이야, 어서 여기를 떠나야 해. 어서, 지금 당장!"

'무슨 말이야, 오빠? 가긴 어딜 간다고? 지금 우리 집에는 엄마도 아빠도 안 계셔. 오빠도 없고. 어른들 허락도 없이 함부로 밖에 나가면 안 된단 말이야. 그리고 참, 우리 오빠 못 봤어?'

아직 말이 서툰 명이는 다급한 마음으로 혼잣말을 외치지만, 자연은 그런 명이의 마음을 읽을 수 있다.

"알고 있어, 명이야. 오빠도 다 알고 있으니까 오빠 말 들어, 제발. 지금 바로 오빠를 따라가야 해."

자연은 다급하고 안타까운 마음에 앞 지느러미를 모아 숫제 명이에게 사정을 하는 자세다. 어린 명이에게 허둥대며 당황하는 모습을 보여서는 안 된다고 다짐할수록 몸과 마음이 덜덜 떨리는 것을 자연도 어쩔 수 없다. 명이 역시 말은 그렇게 하면서도 자연 오빠의 평소와 다른 모습에 거절할 수 없는 느낌을 받는다. 나중에 야단을 맞더라도 지금은 자연을 따라나서야만 할 것 같은 명이. 하지만 명이는 또 다른 예감이 든다. 이렇게 떠나면 이제 영영 아빠도, 엄마도 그리고 오빠도 만나지 못할 것이라는.

명이는 자연을 따라 떠밀리다시피 바다를 내려온다. 붉고 걸쭉한 피바다를 앞장서 헤쳐 나가면서 가까스로 명이를 추스르는 자연. 불과 몇 분 전의 끔찍한 장면이 일시에 머릿속을 덮칠 때면 차라리 그대로 의식을 잃는 것이 나을 것만 같다. 그러나 명이를 데리고 나온 이상 그럴 수는 없다.

명이네와 자신의 가족을 비롯해 모든 강치들이 도륙을 당하는 현장, 영문도 모른 채 총에 맞고 죽창에 찔려 죽어 가는 강치들의 비명 소리가 동도와 서도에 처절하게 메아리치고 있다. 음산한 비명과 절규가 핏빛 바다에 암울하게 드리우는데, 오직 명이와 자신만이 망망대해를 탈출하고 있는 기막힌 상황이다.

#12. 구사일생

　물고기를 몰아주고 미역을 따다 주면 그렇게 좋아하고 고마워하던 사람들이, 자신들을 아끼고 귀여워하던 사람들이 그렇게 돌변할 줄은 몰랐다. 강치들은 그때까지도 그 사람들은 지금까지 사귀어 왔던 울릉도 어부들이 아닌 일본의 강치 사냥꾼이라는 사실을 몰랐던 것이다.

　평소와 다르게 거친 속도로 배가 들이닥쳤고, 물속에서 자맥질을 하다 사람들과 함께 놀려고 배 가까이로 다가가는 강치들을 향해 갑자기 그물이 던져졌다. 너럭바위에서 나른하게 누워 낮잠을 자고 있던 강치들의 등과 배에 죽창이 꽂혔다. 사태가 험악해지고 있음을 파악한 명이 아빠와 아저씨들이 맹렬히 울부짖으며 사냥꾼들을 향해 이빨을 들이댔다. 강치들의 그런 필사적인 저항에도 아랑곳없이 도살자들은 강치들에게 총구를 겨누었다.

자연도 친구들과 함께 물놀이를 하다 험한 사람들 네다섯 명에게 포위를 당했다. "꾸룩 꾸룩, 글글, 아윽 아윽" 어린 강치들이 엄마 아빠를 부르며 비명을 질러댔다. 하지만 사냥꾼들은 어린 강치들을 그물에 가둬 둔 채 작살로 꾹꾹 찔러대기만 할 뿐, 더 이상의 해코지는 하지 않았다. 누런 이빨을 강치들의 얼굴에 들이대거나 한 번씩 히죽히죽 웃으며 겁에 질린 어린 강치들의 머리를 철석철석 때리기는 하지만 당장 죽일 기세는 아니다. 사냥꾼들은 무언가를 기다리고 있는 중이었다.

그때 아빠 강치들이 한 무리가 되어 사람들 앞에 나타났다. 엄마 강치들도 아빠 강치들을 뒤따라오고 있다. 사냥꾼들에게 붙잡힌 아이들을 보자 아빠 강치들은 분노와 노여움에 겨워 포효하며 사냥꾼들을 향해 공격할 태세를 갖추고 일렬로 늘어섰다. 강치 사냥꾼들은 때를 기다렸다는 듯 그들에게 그물을 던지면서 동시에 마구잡이로 작살을 꽂기 시작했다.

　순식간에 강치와 사냥꾼들의 격전장으로 변한 독도. 피의 살육이 본격적으로 시작된 것이다. 불을 뿜는 총구와 작살의 공격에 쓰러지는 아빠 강치들에 뒤이어 이번에는 엄마 강치들이 아이들을 살리려고 필사적으로 몸을 내던졌다. 살육자들은 바로 그때를 기다렸던 것이다. 강치들의 부성과 모성 본능을 교묘하고 잔인하게 이용하려고 했던 것이다. 어린 강치들을 포로로, 인질로 잡고 있으면 자식들을 구하기 위해서 부모들이 몰려오기 마련이니 그때를 기다렸다 모조리 잡아 버리면 손쉽게 사냥이 가능하기 때문이다. 교활한 머리를 써서 무고하고 순진한 강치들을 몰살시키자는 전략이었던 것이다.

　강치들은 작살을 몸에 꽂은 채 죽어 가는 상태에서 머리부터 꼬리 쪽으로 죽죽 가죽이 벗겨진다. 강치들의 붉은 피가 바위와 해안 풀숲을 흥건히 타고 내린다. 자식들이 보는 앞에서 부모들은 산 채로 껍질이 벗겨지고 살이 도려내진다. 뒤이어 그물 속 어린 강치들의 분류 작업이 시작된다.

　친구들과 부모들이 처참하게 죽어 가는 모습에 이미 정신을 잃고 숨이 멎어 버린 강치들도 있다. 하얗고 윤기 흐르는 털은 피로 물들어 이미 붉은색으로 변했다. 엄마 강치들의 우아한 털도 온통 핏빛으로, 아빠 강치들의 검고 건강한 피부도 피칠갑을 한 상태다. 드디어 명이의 오빠에게 작살이 꽂혔다.

자연은 명이의 엄마, 아빠, 그리고 자신의 부모들이 차례차례 학살되는 것을 이미 지켜보았다. 명이 엄마의 머리에 몽둥이가 내려쳐질 때 자신과 잠시 눈이 마주쳤다. 끔벅끔벅 의식을 잃어 가는 명이 엄마의 눈에 피눈물이 괴면서 무언가를 간절히 말하려고 한다는 것을 자연은 느낄 수 있었다.

단짝인 명이 오빠 다음이면 자기 차례다. 그런데 도살꾼들은 살육을 멈춘 채 친구들과 자신을 산 채로 배 깊숙한 곳으로 옮기려는 시도를 한다. 나중에 안 사실이지만, 젊고 건강한 강치들을 따로 모아서 서커스단에 팔아넘기기 위해서다.

그물이 들어 올려졌다. 순간 자연 또래의 어린 강치들이 우르르 그물 한쪽으로 쏠렸다. 한 마리라도 놓치지 않으려는 광기와 살기 어린 도살꾼의 눈매가 매섭게 강치들을 훑었다. 꿈틀대며 반항을 하는 강치들은 그 자리에서 몽둥이로 머리를 구타당했다.

몽둥이에 맞아 기절한 친구 밑에 납작하게 깔린 자연, 어른 강치들을 죽이던 작살 하나가 그물 사이에 걸려 있다. 자연이 필사적인 몸짓으로 그물코에 작살을 대고 의식을 잃은 친구의 무게를 이용해 그물을 힘껏 누르자 망이 '두두둑' 찢겨 나갔다. 망 아랫부분이 열리면서 자연의 몸은 그물 바깥으로 튕겨져 나갔다. 자연은 그 길로 배 밑에 몸을 숨기며 학살 현장을 빠져나와 명이에게 온 것이다. 명이를 구해야 한다는 생각은 죽어 가던 명이 엄마의 눈동자 때문이었다. 그 슬픈 눈동자를 부디 젖먹이 명이를 부탁한다는 간구의 의미로 해석했던 것이다.

자연은 구사일생 혼자만 목숨을 건졌다. 독도 강치들은 사냥꾼들의 손에 차례차례 죽어 갈 것이다. 함께 오징어와 정어리를 잡고 미역과 다시마, 모자반 등 수초 사이에서 숨바꼭질을 하던 친구들이 난도질되어 붉은 바다로 떠밀려 내려간다.

도무지 믿기지 않는 현실 앞에 자연은 반쯤 정신이 나간 상태지만 혼자 집에 남아 있는 명이를 떠올렸다. 자신이 아니면 누가 명이를 돌봐 줄 것인지 퍼뜩 생각이 스치자, 명이를 구하기 위해 위험을 무릅쓰고 명이네로 헤엄쳐 왔던 것이다.

진통의 바다

#13. 독도 탈출

바위 틈새 아늑한 명이네 보금자리가 어슴푸레하게 보이는 지점에서 자연은 조그맣고 하얀 움직임을 포착했다.

"명이니, 명이?"

측은한 마음으로 나지막이 조심스레 불러 보는 자연.

"오빠야? 엄마, 아빠…?"
"아, 명이구나, 나 자연이 오빠야. 명이 괜찮아? 안 자고 있었어?"

"아, 오빠구나. 우리 식구들은요?"

"응…. 이제 조금 있다 오실 거야. 걱정 마, 곧 오실 거야."

"모두들 어딜 갔는데요? 곧 깜깜해질 텐데, 어딜 갔어요? 명이 배고파…."

오빠 친구를 보자, 명이는 이내 서러워져서 울먹울먹 울먹이기 시작한다. 자연은 명이를 감싸 안으며 가만히 등을 다독인다. 하지만 시간이 없다. 다시 사냥꾼들의 수색이 시작되면, 이번에는 자신과 명이마저 잡힐지 모른다.

"명이야, 오빠만 믿어. 오빠 믿지? 지금부터 오빠랑 나들이를 가는 거야."

'나들이? 그게 뭔데? 아, 오빠들이 맨날 놀러 다니는 것, 바위틈에서 숨바꼭질하고 바위 위에서 낮잠 자고 하는 거? 그걸 왜 지금 해? 금방 깜깜해질 텐데….'

명이의 작은 머리에서 나오는 생각을 이번에도 자연은 읽어낸다.

"그것보다 더 재미있는 거 하러 가는 거야. 저 먼 바다까지. 울릉도까지 가 보는 거야. 명이, 저기 큰 섬에 가 보고 싶어 했지? 고기 잡고 미역 따러 오는 해녀 아줌마와 어부 아저씨들이 사는 곳 말이야. 우리하고 장난도 치고 뱃전에서 놀던 사람들이 사는 곳, 그곳까지 우리 헤엄쳐 가 볼까? 거기가 어딘지 궁금하지 않아?"

'응, 가 보고 싶어, 오빠. 그런데 엄마 아빠한테 야단맞는 건 싫어.'

생각은 그렇게 하면서도 눈망울은 어느새 호기심으로 반짝인다. 배고픈 것도 잠시 잊고 달뜬 표정을 짓는 명이. 어차피 처음 오빠를 만났을 때부터 따라나서야 한다는 알 수 없는 마음이 들었던 참이다.

"그래 명이야. 이제 오빠랑 가자. 오빠 믿는다고 했으니까. 그리고 말이야. 명이야, 이제 엄마 아빠는…."

"오빠, 왜 그래? 왜 울어?"

"아냐, 명이야, 오빠 우는 거 아니야. 아무튼 지금은 시간이 별로 없어. 어서 오빠 따라가자."

자연은 잡아끌 듯 명이를 데리고 바닷속으로 헤엄쳐 들어
간다. 자연의 앞 지느러미를 꼭 붙잡고 명이도 몸을 담근다.
너무 긴장이 되어 배고픈 것도 잊었다. 해 진 후의 바닷물은
냉기가 감돈다.

"어때? 갈 수 있을 것 같지?"
"응, 오빠, 재미있어. 근데 엄마 아빠가 찾으면 어쩌지?"
"괜찮아, 명이야. 오빠가 미리 말씀드렸어. 안 찾으실 거야.
그러니 걱정하지 마."

바닷물에 눈이 젖은 척하며 자연은 명이 몰래 눈물을 흘린
다. 자신도 소년에 불과하지만, 이제는 어린 명이의 보호자가
되어야 한다. 명이는 점점 알 수 없는 불안감에 휩싸인다. 무
서운 꿈을 꾸는 것만 같다. 자연을 따라나서며 명이는 뒤돌아
본다. 엄마, 아빠, 오빠와 함께 살았던 가제 바위 동굴 틈 아
늑한 보금자리가 휑하니 비어 있다.
눈을 들어 바라본 가제 바위 꼭대기에는 음산하고 처절한
강치들의 비명 소리에 섞여 빨간 원이 그려진 하얀 바탕의 깃
발이 나부낀다. 붉고 둥근 원이 포환이 되어 명이의 가슴을

명중시키듯 박혀든다. 포탄이 터지듯 명이의 가슴이 순식간에 붉게 물들고, 명이의 망막에도 붉은 원이 박힌다.

　명이는 그 순간, 저 붉은 원이 자신의 가족과 독도의 모든 강치들을 집어삼켰을 것이라고 직감한다. 명이의 빨간 트라우마가 그렇게 시작되고, 두 어린 강치의 슬프고도 정처 없는 태평양 항해도 동시에 시작되고 있었다.

#14. 푸른 눈동자

　동물원 철장 안에 웅크리고 앉은 그냥은 자신의 어린 시절을 그려 본다. 평화롭고 행복했던 아프리카로 돌아가고만 싶은 표정으로. 그냥은 가슴을 부여잡고 허걱허걱 울기 시작한다.

　'내가 보는 앞에서 엄마 아빠를 잔인하게 죽이고 나를 이렇게 잡아 왔어. 난 그때 아무런 반항도 못한 채 검고 커다란 상자에 갇혔지. 아, 얼마나 무서웠던지…'

　그냥은 자동차를 타고 비행기에 실려 어딘지도 모를 곳으로 갔다가, 이곳저곳으로 이동한 후 어찌어찌 이곳 호주 씨 월드로 옮겨졌다.

'갑자기 모든 것이 달라졌지. 엄마 아빠는 물론이고 정글의 짙푸른 나무도, 타고 놀던 넝쿨도, 숲 속 친구들도 거짓말처럼 모두 사라졌던 거야.'

그냥은 처음 동물원에 왔던 때를 떠올린다.

'사람이고 동물이고 날 쳐다보는 눈은 다 싫었어. 나한테 살갑게 말을 붙이려 드는 침팬지들도 싫었고.'

그냥은 마치 그 일이 지금 일어나기라도 한 것처럼 모두를 피하려는 몸짓을 하며 휙 돌아앉는다.

'무엇보다 힘든 것은 사람들을 대면하는 거였어. 사육사를 비롯해서 동물원에는 엄마 아빠를 죽인 사람들과 같은 모습의 사람들이 연일 북적댔으니까. 모두 나쁘게 보이지는 않았지만, 어쨌든 사람들이 엄마 아빠를 죽였잖아. 무섭고 미워서 도망치고만 싶었어.'

오늘도 그냥의 슬픔 속으로 언제나처럼 등을 살며시 어루만지는 손길이 있다. 온통 물 젖은 슬픔뿐인 까만 동굴 같은 그냥의 절망적인 눈을 지그시 들여다보는 눈, 그 깊은 눈동자를 가진 누나가 또 온 것이다. 맑고 투명하기가 거울 같은 푸른 눈동자. 그냥은 씨 월드에 온 지 얼마 되지 않았을 때 얼결에 그 눈동자와 마주친 적이 있다. 그러나 그뿐이었다. 마음을 줄 필요가 없었다. 아니, 줘서는 안 된다. 더 꽁꽁 싸매야 한다. 그냥의 불안감은 상대를 가리지 않고 커져만 갔던 것이다. 그런 그냥에게 '푸른 눈동자'는 단 한 번도 온화한 미소를 잃은 적이 없었다.

'푸른 눈동자'는 그냥에게 어떤 반응을 유도하거나 기대하지 않는다. 다만 그냥의 눈을 가만히 응시하며 깊게 들여다볼 뿐, 그리고는 그냥의 등을 어루만지며 조심스레 기대어 올 뿐이다. 그 손이 매번 따스하다는 것을 그냥도 느낀다. 또한 그 푸른 눈동자 속에 자신의 모습이 어리고 있다는 것도 안다.

그럴 뿐인데도 그냥의 마음이 조금씩 조금씩 따사로워지면서, 자신도 모르게 차츰차츰 현재의 상황을 받아들이고 있다. 그냥은 마음이 열리는 그 느낌이 혼란스럽고 낯설다. 다른 사람들과 달리 이걸 먹어라, 저걸 먹어라, 안 먹으면 강제로 데려다 수액을 맞힌다, 이제 그만 슬픔을 잊고 우리랑 살자, 재롱을 피워 보라 따위의 강요를 하지 않는 푸른 눈동자. 그 냥과 마음으로 대화를 나누고 싶어 하며, 그냥의 옆을 그냥 지켜 주는 유일한 사람이다.

#15. 인간의 탐욕

명이와 그냥은 꿈속에서 만난다. 꿈속은 동물원이 아닌 야생의 대자연이다. 그런데 거기에 푸른 눈동자도 함께 있다.

"왜 아무 죄 없는 엄마 아빠를 죽이고 나를 잡아 왔나요? 물어볼 것도 없이 돈을 벌려고 그런 거겠죠."

"우리는 동물들을 잡아서 우리들의 질병 치료나 행동 습관 따위를 비교하고 연구하는 실험 목적으로 이용해 왔어요. 동물을 기계처럼 취급해 왔지요. 동물들은 인간처럼 이성이 없기 때문에, 생각하는 능력이 없기 때문에, 따라서 인간처럼 감정도 느끼지 못하고 심지어 고통도 못 느낀다고 잘못 판단해 왔어요. 아이들이 보는 앞에서 부모를 살해한다면 그 아이들은 평생 끔찍한 기억 속에 고통받을 거라는 걸 알지만 동물들은 아닐 거라고 생각했던 거예요."

"어떻게 그렇게 오만할 수 있지요? 당신들이 생각하는 것처럼 동물과 기계가 같다면 시계와 시계를 함께 뒀을 때 아기 시계가 태어나야 하는 거잖아요."

"미안해요, 그냥. 정말 미안해요. 인간들이 잘못했어요."

"우리도 당신들처럼 똑같이 느낄 수 있어요. 인간들은 동물 한 가족을 몽땅 잡기 위해서 일부러 새끼들을 먼저 잡는다죠? 그러면 자식을 구하러 부모들이 달려오고 그때 일가족을 몽땅 잡아가는 거죠. 그게 벌써 우리에게도 사랑이 있다는 증거잖아요. 엄마 아빠가 끔찍하게 아기들을 사랑한다는 사실을 비열하고 저열하게 이용하는 인간들, 그러고도 우리에겐 고통도 즐거움도 없다고 생각하다니요?"

"미안해요, 용서해 줘요, 그냥."

푸른 눈동자가 흐느끼기 시작한다.

"절대 용서할 수 없어요. 죽을 때까지 인간을 저주할 거예요. 당신들은 우리를 괴롭힐 권리가 없어요. 누가 그런 권리를 당신들에게 주었죠? 당신들이 우리보다 더 우월하다는 증거가 어디에 있죠? 어떤 근거로 우리를 함부로 학대할 수 있냐고요. 당신들은 치타보다 빨리 뛸 수도 없고, 물개처럼 지치지 않고 헤엄칠 수도 없어요. 새들처럼 하늘을 날 수도 없고, 동물들보다 더 크고 더 작은 소리를 들을 수도 없어요. 그런데도 동물보다 인간이 우월하다면 그 근거를 대 봐요."

둘의 대화 속에 명이가 들어온다.

"그냥 씨, 꼭 그렇게만 생각할 순 없어요. 동물을 죽이고 학대하는 사람이 있는가 하면, 학대받은 동물을 정성껏 돌보고 동물의 목숨을 구하기 위해 자기를 희생하는 사람들도 있어요. '사람은 다 이렇다. 백인은 모두 똑같다. 흑인은 이런 식이다'라고 단정적으로 생각하기 때문에 사람들 사이에서 폭력이 발생하듯이, 우리도 사람들에 대해 함부로 판단해선 안될 것 같아요."

"좋아요. 그렇다면 왜 우리를 일부러 잡아 와 놓고 잘 돌봐 준다고 하나요? 우리는 어차피 평화롭게 잘 살고 있었어요. 우리 중 누가 여기 오고 싶다고 한 적 있나요? 이곳은 마치 부모에게서 아이를 빼앗은 후, 자기 딴에는 정성껏 돌보는 유괴범의 소굴과 같아요. 그것이 어떻게 사랑인가요? 또 우리를 인간들이 보기 원했다고 핑계를 대겠죠? 그러면 인간들이 우리를 만나러 올 수는 없었나요? 아프리카에 와서, 바다 깊숙이 들어와서 우리들을 볼 수도 있었잖아요. 우리는 인간을 구경하려고 인간 엄마에게서 아기를 빼앗아 아프리카로 데려오지는 않잖아요. 바닷속으로 강제로 끌고 가지도 않잖아요. 인간들은 다만 우리를 잡아다 보여 주면서 돈을 벌고 싶을 뿐인 거잖아요."

　푸른 눈동자가 다시 받는다.
　"맞아요. 인간은 돈을 원했던 거예요. 동물들을 우리에 가두고 사람들에게 보여 주거나 서커스를 시켜 돈을 벌려고 했던 거예요. 이 모든 비극은 인간의 탐욕에서 비롯된 거예요. 절망스러운 말이지만 인간으로 인해 빚어지는 이 비극은 인간이 멸종되면 모를까 좀체 사라지지 않을 거예요."
　"말은 잘하시네요. 당신들이 멸종될 때가 되면 그땐 우리가 복제해 드릴게요. 우리 동물들을 무자비하게 죽일 때는 언제고 멸종 위기라며 복제를 하니 마니 하면서 변덕을 부리니 참 알다가도 모를 일이죠. 아까 연구라고 했나요? 그래서 수많은 흰 쥐들이 희생되는 거겠죠. 당신들 생명을 위해 다른 생명들을 그렇게 함부로 해쳐도 되는 거냐고요?"

명이는 푸른 눈동자와 그냥을 번갈아 바라보며 말한다.

"우리는 모든 것을 자신의 힘으로 결정할 순 없어요. 현실이란 그런 거예요. 다만 이미 일어난 일, 벌어진 상황을 어떻게 받아들이며 해석하느냐가 우리의 몫일 뿐이죠. 푸른 눈동자는 주어진 현실 속에서 우리를 돌보는 쪽을 선택했어요. 그건 위선적이거나 이중적인 태도가 아니지요. 저는 푸른 눈동자 같은 사람들이 아니었다면 지금 이렇게 살아 있지도 못하고, 내게 가장 소중한 아들 생명도 얻지 못했을 거예요. 저는 거의 초죽음 상태에서 동해를 떠내려왔어요. 그냥 씨처럼 우리 가족을 몰살한 것도 인간이고, 죽음 직전의 저를 살린 것도 인간이었어요. 인간에 의해 고래잡이가 시작되었고, 인간에 의해 혹등고래 은근이의 질식사를 막을 수 있었어요. 현실이란 그렇게 모순투성이인 거라고요."

명이에 의해 호두 껍데기처럼 강경하던 그냥의 내면에 차츰차츰 균열의 기미가 생기기 시작하지만 그냥은 당혹스러운 내면의 변화를 인정하고 싶지 않아 악을 써댄다.

"내가 동물원에서 들은 얘기를 좀 해 볼까요? 사슴 가족은 원래 사람들에게 호기심이 많았대요. 숲에서 사람들과 우연히 마주쳤을 때 가까이 다가가 얼굴을 맞댄 적도 있었다네요. 사람들이 손바닥을 내밀고 핥아 보게도 했다는데, 그러던 어느 날, 그 손이 갑자기 사슴의 모가지를 낚아챘다는 거예요. 사슴을 쓰다듬고 애무하던 그 손이 갑자기 살해 무기가 되어 사슴을 덮쳤던 거죠. 인간들은 그렇게 사슴들을 속였죠. 친한 척 접근해서 자신들의 냄새를 친구의 냄새로 기억하게 한 후, 마침내 친구가 되면 갑자기 돌변해서 잡아가는 거죠. 사슴 엄마 중에는 사람 냄새에 트라우마가 생겨 사람과 놀고 온 아기 사슴을 그 자리에서 밟아 죽인 일도 있었대요. 인간에 대한 증오심이 워낙 깊던 나머지 자기도 모르게 저지른 일이었던 거죠. 그뿐인 줄 아세요? 심지어 동물들의 환심을 사 놓고 친구가 된 척한 다음에 총을 가지고 와서 쏘아 버려요. 우리는 그것도 모르고 인간이 가지고 있는 총마저도 순진한 호기심으로 이리저리 살피죠. 그 총에 의해 죽을 거라곤 꿈에도 모르고 말이에요."

그냥은 기어코 흐느낀다. 어깨를 들썩이며 두 손에 얼굴을 묻은 채 뜨거운 눈물을 흘린다. 푸른 눈동자는 언제나처럼 그냥의 등을 가만히 싸안는다. 푸른 눈동자의 눈에서 흘러내린 눈물이 그냥이의 목덜미를 적신다. 눈물로 어룽진 그냥이 얼굴을 들어 푸른 눈동자를 바라본다. 눈동자와 눈동자가 만나고, 두 눈동자는 서로가 서로를 더듬는다. 푸른 눈동자의 용서를 구하는 눈빛이 그냥의 분노를 비로소 삭인다.

볼을 적시는 뜨거운 눈물에 놀라 꿈에서 깨어난 그냥. 지금까지 한 번도 경험해 본 적 평화가 강처럼 마음에 흐른다.

그날 이후로 그냥은 동물원의 배려로 글을 쓰기 시작했다. 뾰족뾰족한 마음과 독설을 쏟아내는 습관은 여전하지만 글쓰기로 인해 그냥은 점차 치유되어 간다. 다른 동물들에게도 치유의 글쓰기를 권유하거나 글짓기 지도를 하면서 저널리스트로 자리매김을 하게 된 것이다.

#16. 명이와 자연

명이와 자연은 깜깜한 바다를 헤엄쳐 간다. 헤엄을 배우지 못한 명이는 자연의 꼬리지느러미를 붙잡고 떠내려가다시피 하고 있다. 명이는 동굴 틈새로 밀려든 바닷물에서 포롱포롱, 까불까불 지느러미 장난을 치다가 왈칵 밀려든 파도에 찰싹 하고 뺨을 맞곤 '앙' 하고 울음을 터뜨린 것 외에는 거친 물과 직접 만나 본 적이 없다. 엄마 품에 안겨 몸을 물에 반쯤 담그고 스르르 잠들면 그만일 뿐, 명이에게 바다는 직접 헤쳐 나가야 할 거대한 대상이 아니었다. 아무리 눈을 부릅떠도 온통 깜깜하기만 한 사방에 두 어린 강치가 물을 가르는 찰박찰

박 소리만 들릴 뿐이다.

"명이야, 배고프지?"

"응, 오빠. 그런데 오빠도 배고프잖아."

차츰 어둠에 익숙해지자, 앙증맞은 돌섬들이 아기자기 펼쳐져 있는 실루엣이 눈에 들어온다. 사냥꾼들의 손아귀로부터 조금은 안전하다 싶은 곳에서 잠시 숨고르기를 하며 자연은 명이에게 먹일 만한 것을 찾는다. 그러나 아직 젖먹이인 명이는 작은 물고기조차 소화시키지 못할 것이다.

자연은 가볍게 자맥질을 하여 물고기 한 마리를 잡아채 올렸다. 잡은 고기의 배를 가만히 살피더니 자신의 입안에 쏙 집어넣고 꿀꺽 삼켜 버렸다. 그리곤 명이를 보며 '씨~익' 웃는다. 자기에게 먹을 걸 줄 거라 기대했던 명이는 야속한 마음에 단박에 눈물이 그렁그렁 맺혔다. 배가 고픈 것보다는 두렵고 불안해서 자연을 의지하고 싶은 마음이 점점 커져만 갈 때에 그런 야속한 행동을 했기 때문이다.

"명이야, 오빠 참 맛나게 먹지?"

"몰라, 오빠 미워."

"알았어, 알았어. 조금만 기다려 봐. 오빠가 명이 맛있는 것

먹게 해 줄게."

자연은 다시 '쑥~' 하며 바다로 고개를 디밀더니 까무룩 자맥질을 한다. 이번에는 시간이 좀 더 걸리는 것 같다. 다시 명이 앞으로 불쑥 고개를 내미는 자연, 갓 돋아나기 시작한 하얗고 까끌까끌한 수염이 달빛을 받아 은빛으로 반짝인다. 작은 물방울이 맺힌 자연의 얼굴은 마치 물광을 한 것처럼 싱그럽다.

자연은 이번에도 잡은 물고기의 배를 확인한다. 달빛에 배를 비춰 보기 위해서 팔을 뻗어 고기를 쳐 올린 후 고개를 들어 요모조모 살피는 자연. 그러더니 이번에도 곧장 자기 입으로 가져가 날름 삼키는 게 아닌가!

"앙앙. 몰라, 몰라."

명이는 드디어 울음을 터뜨렸다. 당황한 자연이 명이를 달랜다.

"미안, 미안. 오빠가 잘못했어. 오빠도 물론 배가 고프지만 그래서 오빠 혼자 배를 채우려고 그랬던 건 아니고, 명이는 아직 물고기를 못 먹잖아. 그래서 오빠가 알을 밴 물고기를 찾고 있었던 거야. 그래야 명이가 부드럽게 소화를 시킬 게 아냐? 엄마 젖 대신에 알을 먹는 게 그래도 나을 것 같아서. 그래서 물고기 배를 살폈던 거고. 근데 두 마리다 알이 없었던 거야. 그렇다고 버릴 것까진 없잖아. 그래서 오빠가 꿀꺽한 거지. 이제 다시 잡아 줄게."

자연은 다정하게 웃으며 명이에게 의젓한 보호자처럼 군다. 자신의 오빠와 몰려다니며 늘 개구쟁이인 줄 알았던 자연 오빠가 오늘은 더없이 듬직하다고 느끼는 명이. 살짝 미안한 마음이 들어 얼굴을 붉히며 토라진 마음을 푼다.

이제 이 세상에 단둘이 남은 독도 강치. 둘은 서로가 서로를 의지하며 집도 울도 없는 광야의 바다에서 성장해 간다. 대자연의 큰 품이 가장 자연스러운 방식으로 소년 강치와 아기 강치를 키워 갈 것이다. 그런데 명이는 물고기들에게 미안하다. 자연 오빠가 짜 주는 물고기 알은 엄마 젖과 비슷한 향을 풍기며 명이의 생명을 이어 가게 하지만 아기 물고기가 될 알을 자기가 먹었기 때문이다.

'엄마 아빠 물고기들이 얼마나 슬플까. 엄마 아빠 강치에게

아기 명이가 소중한 것처럼 물고기들에게도 이담에 아기가
될 알들이 똑같이 소중할 텐데…'

  그런 생각이 들자 부모님과 오빠가 너무나 그리워진다.

  바다를 헤엄쳐 내려오는 몇 달 동안 명이는 깨닫게 되었다.
내가 살기 위해서는 반드시 다른 누군가가 죽어야 한다는 것
을.

  '그게 옳은 일일까? 하지만 내가 있어야 이런 생각도 의미가
있잖아. 내가 있으려면 뭔가를 먹어야 하니 상대를 죽일 수
밖에 없는데 그런 경우는 용서받을 수 있을까? 내가 살기 위
해서 상대를 죽이는 것과 그냥 재미로, 아니면 어떤 이익이나
다른 이유로 죽이는 것의 차이를 어떻게 이해해야 할까.'

  이렇게 생명에 관한 철학적 물음들을 스스로 묻고 또 스스
로 답을 찾으려고 애썼다.

  둘의 항해가 얼마나 계속되었는지 모른다. 그 와중에도 명
이도 자랐고 자연도 자랐다. 이제 자연은 제법 어른 티가 나
고 명이도 이제 더 이상 젖먹이가 아니다. 둘은 서로가 서로
의 그림자처럼 떨어질 줄을 모른다. 그림자는 그림자이되 맑

고 영롱한 빛을 가진, 신비롭고 애틋한 한 쌍의 그림자다. 둘은 서로에게 의지해 목적지 없는 여행을 계속한다.

계절이 바뀌었을 텐데도 물은 여전히 따듯하다. 이상한 일이다. 겨울의 찬 바다가 조금씩 데워지기 시작하던 때에 독도를 떠났다. 이후 바닷물은 점점 더워졌지만, 경험대로라면 다시 식으면서 얼음처럼 차갑게 느껴지는 시기로 접어들어야 한다. 그런데 바닷물은 뜨거워진 후 약간 식었달 뿐, 여전히 따듯하다. 독도를 떠나오던 그 온도 그대로. 해수면에 살랑이는 미풍도 감미롭기 그지없어 마치 둘의 여정을 바다와 바람이 온화하게 감싸 주는 것 같다.

둘이는 광활한 바다 생활에 점점 익숙해지면서 바닷속을 누비며 장난도 치고 돌섬이라도 발견할라치면 아예 며칠씩 묵기도 한다. 이제 둘만 있으면 아무 어려움이 없을 것 같다. 그러나 한 가지, 자연의 마음을 무겁게 하는 것이 있는데, 그것은 바로 명이의 배앓이이다.

명이는 이따금 배앓이를 하고 그런 날은 자다가 깜짝깜짝 놀라 경기를 일으키기도 한다. 아마 너무 어려서 집을 떠났고, 젖도 떼지 못한 채 엄마를 잃는 바람에 제대로 된 보살핌을 받지 못해서 그럴 것이다. 명이를 책임져야 하는 자연으로서는 어린 명이를 오래도록 돌보고 있는 상황이 불안할 때가 있다. 명이의 건강이 썩 좋지 않다는 점을 인정하지 않을 수 없기 때문이다.

#17. 절체절명

그날도 둘의 항해는 계속되었다. 사실은 명이의 건강이 더 나빠진 날이다. 잘 먹지를 못하니 기운이 없고, 기운이 없으니 헤엄을 제대로 못 치면서 탈진한 것이다. 이대로 두었다가 명이가 어떻게 되는 게 아닌지 자연은 점점 더 불안해진다. 햇살은 화창하기 그지없고 하늘은 더없이 푸르지만, 그날따라 쉴 만한 해안이나 바위틈은 보이질 않았다.

그동안 크고 작은 배를 전혀 만나지 않았던 건 아니다. 그러나 배를 볼 때마다 둘은 몸을 숨겨야 한다는 생각만 했을 뿐, 도움을 청하겠다는 마음을 품지는 못했다. 잔인하고 거친 뱃 사람들로부터 온 가족이 학살당한 것이 엊그제 일 같은데 어떻게 배를 탄 사람들에게 선뜻 도움을 청할 수 있겠는가.

물론 명이와 자연은 잊지 않고 있다. 해녀 아줌마들, 어부 아저씨들과 함께 아주 맑고 파도가 고요한 날, 미역도 따고, 물고기도 잡으면서 정겹게 지냈던 때를. 그러나 사람들은 모두 같지 않다는 것도 이제는 안다. 강치가 모두 같은 강치가 아니듯이 사람들도 모두 같은 사람이 아니라는 것을.

간간이 배가 지나가지만 친구인지, 적인지 도무지 갈피를 잡을 수 없다. 명이는 이제 작은 물고기 정도는 혼자 먹을 수 있게 되었지만, 오늘은 그나마도 삼키지를 못한다. 물고기 알도 오늘은 싫다며 도리질을 한다. 겨우 몸을 숨길 수 있는 작은 돌섬에 지친 명이를 누이고, 행여 잠에 빠져 의식을 잃을까 봐 계속해서 깨우는 것밖에 자연이가 할 수 있는 것은 없다.

'여기는 어디일까? 독도에서 얼마나 멀리 떨어진 곳일까.'

자연으로서는 짐작도 할 수 없는 데다, 명이에게 무슨 일이 생길지도 모른다는 생각에 두려움만 가득하다. 다행히 지금까지 명이와 자연은 이렇다 할 천적을 만나거나 위험에 처한 적은 없었다. 하기야 명이와 자연에게 가장 위험하고 가장 조심해야 할 천적은 사람이지만. 사람만 마주치지 않는다면 그보다 더 위험한 일이야 없을 거라고 자연과 명이는 말해 왔다.

그런데 바로 그 무서운 사람의 도움 없이는 달리 어찌해 볼 도리가 없는 지경에 이른 것이다. 사람으로 다친 몸과 마음을 사람에 의해 치료받고 도움받아야 하는 아이러니한 현실⋯. 자연은 그 점을 받아들이는 게 쉽지 않다. 자연의 마음이 어찌 되었건 이제 명이는 물도 못 들이킬 상황이 되어 이글대는 태양 볕만 겨우 면한 채 작은 동굴 속에서 끙끙 앓기까지 한다. 자연으로서는 정말 감당하지 못할 일이 벌어지고 있는 것이다.

자연도 아직 다 자랐다고 할 수는 없다. 자기 한 입 겨우 먹일 수 있는 방법을 익혔을 뿐인데, 아프고 어린 명이를 어떻게 간호해야 할지 막막하기만 하다. 당황스럽고, 절망스럽고, 자신이 바보 같다는 생각마저 든다. 공연히 명이를 데리고 나와서 여기서 죽게 하는 건가 하는 자책으로 머리를 쥐어박

아도 보고 혀를 깨물어도 보고 명이의 이름을 그저 불러도
본다.

　바로 그때 전방에 하얀 물체가 아련히 움직인다. 자연의 눈
엔 이쪽을 향해 오는 큰 배인 것 같은데, 순간 또다시 망설여
지는 자연.

　'어떻게 해야 하지? 저기 탄 사람들이 도움을 줄 것인지, 아
니면 우리를 잡아갈 것인지, 도무지 알 길이 없으니…'
　자연은 애가 탄다. 순간의 선택이 생사를 좌우한다는 것을
지금껏 경험으로 익혀 왔지만, 또다시 선택의 순간이 닥치자
막막하기만 한 것이다. 다행히 뱃전에는 독도에서 강치들을
살육했던 배처럼 한가운데에 붉은 원을 그린 깃발을 꽂지는
않았다. 물론 그 깃발의 배들만 자신들을 죽이지는 않겠지만,
절박한 자연으로서는 판단할 다른 기준이 없다.
　배는 점점 가까이 다가오고 있다. 자연의 망설임도 점점 커
지며, 배의 요동이 느껴지는 만큼 마음속 요동도 같은 리듬
을 탄다. 배에 다가간다면, 누런 이를 드러내며 이게 웬 강치
냐, 하면서 자신과 아픈 명이를 몽둥이로 한 방에 때려잡고

그 자리에서 가죽을 벗기는 건 아닐까, 생각만 해도 끔찍해서 부들부들 몸이 떨리기 시작한다.

"이러면 안 되지. 명이를 생각해서라도 내가 정신을 똑바로 차려야 해. 나의 결정에 따라 우리의 생사가 갈리는 순간이야. 아, 이럴 때 엄마 아빠가 계셨으면…. 엄마, 아빠, 하늘나라에 계시다면 지금 우리를 좀 도와주세요. 명이 아저씨, 아주머니 우리를 좀 보호해 주세요. 친구야, 지금 네 동생과 내가 보이지? 좀 도와주라. 내가 어떻게 해야 하겠니?"

자연은 허공을 향해 부르짖으며 그 짧은 순간, 엄마 아빠와 행복하게 살던 때를 떠올린다. 싱거운 장난을 치고 속없는 소리를 한다고 엉덩짝을 철석 때리기도 하시고, 철없이 군다며 머리에 꿀밤을 주실 때도 있었지만 두 분이 자신을 얼마나 사랑하고 대견하게 여기셨는지 너무나 잘 안다. 부모님의 사랑에 대한 기억이 간절해지자, 갑자기 목이 타들어 가면서 가슴이 울렁이기 시작한다.

"어떻게 해야 하나요? 엄마, 아빠, 제게 선택의 길을 알려 주세요. 이렇게 명이를 데리고 여기까지 왔어요. 그런데 지금 명이가 아파요. 저는 명이를 꼭 살리고 싶어요. 명이와 제가 살아나서 엄마 아빠와 아저씨 아줌마의 한을 풀어 드리고 싶어요. 저는 명이를 친구의 동생 이상으로 생각하고 있어요. 만약 둘 중 하나만 살릴 수 있다면 저보다는 명이를 살려 주세요. 배가 오고 있어요. 저 배에 도움을 청해야 명이를 살릴 수 있는데 저 배가 우리를 도울 배인지, 반대로 우리를 잡아다 죽일 배인지 판단이 서질 않아요."

　자연의 기도는 절규에 가깝다. 가녀린 두 생명, 의지가지없이 단둘이 생명을 나눠 부비며 여기까지 왔다. 명이는 점점 의식을 잃어 간다. 정오의 태양은 무심히 하늘 가운데로 이동하고 있다.

#18. 죽음의 위기

　눈동자, 눈동자들. 자신을 둘러싸고 있는 눈동자들이 도대체 몇 개인지 당장 헤아리기 어렵다. 공중으로 몸을 날리듯 튀어 오르는 자연. 인간의 눈동자들을 무조건 피하고 보자는 본능적 행동이다.

　'저 눈동자들이 쏘아내는 빛을 피해야만 한다. 여기는 어디며, 명이는 어떻게 되었을까.'

　"정신이 돌아왔다. 수컷 바다사자의 의식이 돌아왔어. 이제 됐다. 야호!"

눈동자들의 환호성이 자신의 의식을 다시 불러들이는 소리처럼 허공을 가른다.

'내가 살았다고? 그럼 내가 언제 죽었거나, 의식을 잃었다는 뜻일까? 그렇다면 이 사람들은 나를 해치려는 사람들이 아니었나 보구나. 아, 엄마, 아빠, 아저씨, 아줌마, 친구, 고맙습니다, 고맙습니다!'

자연은 가까스로 기억을 더듬는다. 명이가 많이 아팠고 자신의 힘으로는 도저히 명이를 살려 낼 길이 없어 기진맥진하다가 까무룩히 정신을 잃었던 것이다. 그런데 배가 다가오고 있었다. 하얗고 큰 배가.

'그 배에 타고 있던 사람들이 우리를 구해 준 것일까. 내가 어떻게 배에 접근했을까? 그런데 명이는 어디 있지? 명이야, 명이야!'

명이를 애타게 부르며 '아옥아옥, *끄륵끄륵*'대는 수컷 강치 자연의 소리에 사람들이 다시금 환호를 터뜨린다. 명이의 생사로 애타는 자연엔 아랑곳없이 사람들은 서로 마주 보며 기쁨에 달뜬 표정으로 웃고 안도한다.

미끈하고 탄탄한 방추형 몸매에 윤기 흐르는 검은 피부의

청년 강치, 가늘고 조그만 귀와 둥글지만 날카로운 눈매를 가진 강인한 독도 강치를 빙 둘러선 눈길들. 자연은 자연대로 강치들을 몰살시킨 사람들과는 다르게 생긴, 흰 피부에 높은 콧대와 푸르거나 갈색빛이 도는 눈, 검지 않은 머리색 등을 한 모습에 다소 경계심을 푼다. 그러나 다르게 생겼다는 것이 무슨 기준이 될까 하며, 어쩌면 더한 경계심을 돋우어야 할지도 모른다고 자연은 이내 생각을 바꾼다.

'지금 이곳은 망망대해가 아니다. 그럼 배 안일까?'
불안한 마음으로 조심스레 주변을 살피는 자연.
'물웅덩이가 있지만 바다는 아니야.'
불안한 눈길 앞으로 가만히 먹이가 디밀어진다. 순간 흠칫 놀라는 자연.
'죽은 물고기다!'
친구들끼리 장난삼아 고기를 죽이다 아빠한테 야단맞던 기억이 불현듯 떠오른다. 먹을 만큼만 먹으라고, 그 이상으로 고기를 잡지 말라고, 특히 가지고 놀려고 잡아선 안 된다고, 어릴 때 친구들과 물고기 잡기 내기를 했을 때 아빠가 따끔하게 일러 주셨다. 그로 인해 자연에게 죽은 고기는 나쁜 짓의 결과였던 것이다.

　그러거나 말거나 자연은 지금 배가 몹시 고프다. 목구멍으로 침이 꼴깍 넘어가는 소리가 들릴 지경이다. 조심스러운 눈길로 사람들의 손길을 쫓아가 본다. 말 없는 따스한 웃음, 온화한 표정, 느낌으로 확인할 수 있을 것 같다.

　'나쁜 사람들이 아니야.'

　자연은 가만히 물고기를 입에 문다. 갓 잡아 올린 싱싱한 맛은 아니지만 허기를 면하기에는 손색이 없다. 먹으려고 드니 허겁지겁 씹지도 않고 삼키는 자연.

　'도대체 내가 얼마 동안이나 굶은 거야? 그나저나 명이는 어디에 있는 걸까? 나처럼 뭘 좀 먹기는 한 건지…'

　포만감도 잠시, 명이를 제대로 지켜 주지 못했다는 자책감이 밀려든다.

　자연을 조심스레 부추겨 안는 시늉을 하는 사람들.

　"크르릉."

　깜짝 놀란 자연은 반사적으로 몸을 뒤로 빼면서 고개를 치켜들고 소리를 내지른다.

"you are all right. Don't worry."

조심스러운 손길과 함께 깊고 안정된 음성이 들려온다. 더이상 경계할 필요가 없을 것 같은 안도감이 자연의 마음 깊은 곳에서 올라온다. 그런 자연의 마음을 읽었을까? 얌전해진 자연의 몸을 실은 들것이 미끄러지며 어딘가로 자연을 데려간다.

'어디로 나를 데려가는 걸까?'

불안과 안도함이 교차하지만 아무래도 두려움 쪽이 더 큰자연. 정신을 차리려고 애쓴다. 그렇다고 해도 억지로, 강제로, 자신의 의사에 반해서 무언가를 하려는 것 같지는 않다. 자연은 오히려 협조하고 싶은 마음이 생긴다. 어쩌면 명이를 만날 수 있을지도 모른다는 희망과 함께.

사방은 바닷속보다 환하지만 익숙한 물빛은 그대로다. 하늘과 바다가 맞닿은 탁 트인 모습은 아니라도 살아갈 수 있도록 만들어진 환경인 것 같아 자연은 주위를 유심히 살핀다. 하긴 살지 못할 곳은 없다. 그 아비규환의 생지옥을 벗어나기만 하면 어떤 난관도 이길 수 있을 거라고 스스로 용기를 불어넣지 않았던가.

축축하면서도 어둑한 통로를 지나, 밝은 빛이 스며드는 바위 틈새를 지나 어느 큰 문 앞에 이르렀다. 문이 덜커덩 열린다.

'앗, 명이. 명이다. 명이가 살아 있다!'
명이가 살아 있지 않을 거라고 생각해 본 적도 없지만 이렇게 무사하다는 사실 또한 선뜻 믿어지지 않는다.

"명이야, 명이야. 괜찮아? 이제 아프지 않아?"
"오빠, 어디 갔었어? 오빠만 믿으라더니 명이를 두고 어디 갔었어? 엉엉…."
"그래 명이야, 오빠가 미안해. 오빠가 잘못했어. 그런데 어떻게 된 거야? 왜 여기 있는 거야?"
"나도 몰라, 오빠. 정신을 차려 보니 사람들이 나를 내려다보고 있었어. 이 사람들은 착한 사람들이야, 오빠? 아니면 엄마, 아빠, 오빠를 죽인 사람들하고 같은 사람이야?"

명이는 커 가면서 자연으로부터 그날의 비극을 전해 들었다. 명이의 핏빛 트라우마가 뇌리에 자리 잡게 된 것도 그때 이후다. 그 무렵부터 명이는 자주 아팠다. 처음엔 오빠가 놀아 주는 줄 알고 따라 나왔지만 그만 집으로 돌아가고 싶었다. 그래서 오빠에게 집에 데려다 달라고 떼를 쓰고 울었다. 그만 집에 가자고, 데려다 달라고, 엄마 아빠가 보고 싶고, 엄마 젖이 먹고 싶다고.

그러자 자연이 사실을 말해 주었던 것이다. 명이와 자신은 다시 집으로 돌아갈 수 없고, 돌아간다고 해도 부모님은 이제 안 계신다고. 명이도 얼른 어른이 되어 혼자 살아가야 한다고. 그러면서 자연은 언제나 명이와 함께 있겠다는 약속을 했다. 어린 명이로서는 그 충격적인 말을 모두 알아듣고 모든 사태를 파악할 수 없는데다 먹는 것조차 거칠다 보니 그만 병이 나고 말았던 것이다.

명이와 자연은 독도를 떠나 남쪽으로, 남쪽으로 헤엄쳐 왔다. 적도를 지나니 북반구와는 계절이 반대로 바뀌었다. 봄에 시작된 대장정이 여름, 가을을 거쳐 겨울 대신 다시 여름으로 가게 된 연유이다. 그러다 보니 바닷물의 온도가 늘 일정하게 느껴졌던 것이다. 둘은 호주 해역까지 헤엄쳐 갔고, 그곳에서 일본의 포경을 막는 호주 배에 구조되어 퀸즈랜드 주 골드코스트의 테마 파크 '씨 월드'로 오게 되었다.

사람들의 눈길은 이제 둘을 에워싼다. 다시금 본능적 경계심을 돋우며 명이를 보호하려는 몸짓의 자연. 그러나 명이는 이미 몸과 마음의 긴장을 놓은 상태다. 그런 명이를 보자, 자연도 비로소 긴장을 푼다. 자연은 스스로에게 다짐하듯 명이를 보며 입을 연다.

　"명이야, 아닐 거야. 나쁜 사람들 아닐 거야. 이 사람들은 우리를 잘 돌봐 줄 사람들일 거야. 그러니까 우리가 이렇게 만났지."

　"오빠, 그럼 나 오빠만 믿고 이제 밥 먹을래. 그동안 사람들이 무서워서 아무것도 먹지 않고 있었어. 오빠만 데려다 달라고, 그러면 먹을 거라고 마음을 꽁꽁 닫고 있었거든. 그런데 오빠가 이렇게 내 곁에 왔으니 이제 먹을래."

　"그랬구나, 명이야. 그래서 아마 이 사람들이 나를 네 옆으로 데려왔나 보다. 너를 안심시키려고. 그래, 이제 오빠가 여기 있으니 어서 먹고 기운 차려. 이 사람들은 좋은 사람들인 것 같아. 우리를 해치려는 게 아닌 것 같아. 여기가 어딘지는 모르겠지만, 우선 명이 네가 회복되어야 하니 사태를 좀 지켜보자."

#19. 호주 골드코스트 씨 월드

    명이와 자연은 씨 월드에서도 늘 붙어 다닌다. 둘이 그곳에서 생활한 지도 어언 5년. 명이는 묘기도 제법 잘 부린다. 명이는 자신을 구해 준 사람들에 대한 고마운 마음을 재주를 부리는 것으로 보답한다. 마음속에선 늘 독도가 그립고 엄마 아빠를 잊을 수 없지만, 그렇다 해도 주어진 환경을 거부하거나 감사한 마음을 잊은 적은 없다. 그래야 행복하다는 것을 명이는 잘 알고 있다.

    이런 유순함으로 인해 명이가 출연하는 무대는 인기와 신뢰를 얻는다. 조련사와 마음으로 호흡을 맞추며 명이가 제 역할을 잘해 내기 때문이다. 명이는 결코 수동적으로 무대에 서지 않는다. 언제나 자기가 주인이 되어 적극적으로, 능동적으로 연기를 펼친다.

자연의 구애를 받아들이고 결혼을 결정했을 때도, 자신과 자연 사이에서 태어난 아들 '생명'을 기를 때도 그랬다. 명이는 새로운 한 생명이 태어난 것만으로도 기뻤다. 비록 동물원에서 태어나 동물원에서 일생을 마감하게 되더라도 생명, 그 자체는 축복 덩어리라고 명이는 믿었다. 그래서 아들의 이름도 '생명'이라고 지었던 것이다.

그러나 남편 자연의 생각은 아내 명이와는 달랐다. 자연은 아들 생명을 씨 월드에서 키워야 한다는 것에 늘 절망했고 가슴 아파했다. 그러면서 생명이만큼은 언젠가는 대자연으로 돌려보내야 한다고 마음을 다져왔다. 아빠 자연으로서는 생명을 만들어 내는 자연, 그것도 태초의 생명을 탄생시킨 바다로 반드시 돌아가야 한다는 의미로 아들의 이름을 '생명'이라 지었던 것이다.

생명이 무엇인가! 자연이 품고 낳은 세상의 모든 것이 아닌가. '스스로 그러한' 자연의 소산이기 때문에 생명 역시 존재

그 자체만으로 가치가 있다. 따라서 생명을 이용 가치로 보는 동물원에서의 삶은 제아무리 안락하고 안전하다 해도 그 자체가 생명에 반하는 것이므로 받아들일 수 없다는 것이 명이의 남편이자 '생명'의 아빠인 '자연'의 신념이었다.

그러나 아들 생명을 생명의 바다로 다시 돌려보낼 방법은 없다. 아빠 자연은 그 방법을 모른다. 하지만 바다로 다시 갈 수 있다면, 고향 독도로 아들을 돌려보낼 수만 있다면 자신은 어떤 희생이라도 치를 각오가 되어 있다.

부모의 고향에 대해 아무것도 모르는 아들 생명, 현실을 받아들이며 그 안에서 내면의 행복을 찾는 아내 명이, 할 수만 있다면 지금이라도 아내와 아들을 데리고 다시 생명의 바다, 조상들이 대대로 살았던 고향 독도로 가야 한다는 신념에 찬 남편 자연, 그렇게 셋은 낯선 남반구, 서양인의 땅 호주에서 삶을 꾸려 간다.

#20. 자연의 최후

생명은 아빠의 이런 안타까움에는 아랑곳없이 그저 건강하고 명랑하게 성장한다. 아빠는 아들이 우물 안 개구리, 아니 '씨 월드 안 독도 강치'가 되어 이곳이 세상의 전부인 줄 알고 자라는 것이 늘 마음에 걸린다. 씨 월드에서 보이는 하늘이 하늘의 전부인 줄 아는 아들, 씨 월드 물개관이 물개들과 바다사자들의 평생 터전인 줄 알고 있는 아들, 자신의 이름이 얼마나 위대하고 신비로운 의미를 담고 있는지 알지 못하는 아들이 측은하기만 하다.

아빠는 틈만 나면 생명에게 독도에 대해 들려준다. 그런데 생명은 아빠가 하는 이야기를 잘 알아듣지도 못할뿐더러 어떤 때는 슬며시 짜증도 난다. 이곳 생활이 재미있기 때문이다. 묘기를 배우기 시작하면서 먹이도 더 많이, 더 맛있는 것으로 먹을 수 있고 사람들이 자기를 보고 박수를 치고 칭찬을 하는 것도 즐겁다. 조련사 누나와 사육사 형들로부터 사랑과 귀여움을 독차지하는 것도 신이 난다. 도대체 뭐가 문제란 말인가? 생명은 아빠가 너무 심각하게 말씀하실 때는 엄마 명이에게 볼멘소리로 투정하기도 한다.

"아빠는 왜 맨날 독도 이야기를 하세요? 거기가 어떤 곳인지, 아빠의 말씀을 하도 들어서 상상만으로도 알 수 있을 것 같아요. 아빠는 제가 그곳으로 돌아갔으면 한다고 하시다가, 반드시 돌아가야 한다고도 하세요. 하지만 엄마, 저는 그곳이 어딘지도 모르고 가고 싶지도 않아요."

"그래, 생명아, 네 마음 잘 알아. 아빠가 자꾸 그러시니 많이 부담이 되겠구나. 하지만 생명아, 네가 아빠의 마음도 이해할 수 있으면 좋겠다. 아빠와 엄마는, 특히 아빠는 자연에서 태어나 자연에서 살아오신 분이야. 엄마가 아파서 어쩔 수 없이 사람들과 함께 살게 되었지만…"

"엄마, 저도 그런 얘기는 은근이한테서 들어 봤어요. 은근이도 엄마 아빠와 자연에서 살았대요. 그런데 어느 날 엄마 아빠가 일본 사람들에게 잡혀 돌아가셨대요. 그래서 씨 월드로 입양을 오게 되었지만 엄마 아빠와 함께 바다에서 행복하게 살던 때가 정말 그립대요. 이곳에서 아무리 맛있는 것을 먹고 아무리 사람들의 박수를 받아도 절대 바꿀 수 없는 행복이라고 했어요. 저는 비록 경험이 없지만 자연은 정말 아름답고 좋은 곳이라는 걸 머리로는 알 수 있을 것 같아요."

"그래, 엄마도 은근에게서 그 얘길 들었다. 일본 고래잡이배가 어린 은근을 인질로 잡고 은근의 엄마 아빠가 구하러 오기를 기다렸다지. 그렇게 해서 고래 가족을 한꺼번에 잡으려고. 은근 아빠가 필사적으로 은근과 은근 엄마를 보호하려다 결국 작살을 등에 꽂고 뱃전에 몸을 반쯤 걸친 채 질식해서 숨지고, 엄마도 곧이어 살해됐다고 하더라. 은근은 그 와중에 어떻게 빠져나와 혼자 떠돌다 포경선을 막는 호주 배에 구출되어 씨 월드로 오게 되었다더구나."

"엄마, 은근이가 불쌍해요. 은근이는 엄마 아빠가 없잖아요. 그래서 은근이가 살아 있는 물고기를 먹어 본 적 있냐고 나를 놀릴 때도 그냥 다 받아 줘요. 은근이는 엄마 아빠가 다

있는 내가 부러워서 일부러 그러는지도 몰라요. 그런데 엄마, 사람들 중에는 참 나쁜 사람들이 있나 봐요. 여기 씨 월드에는 우리를 돌봐 주는 착한 사람들만 있는데…."

"우리 생명이 마음이 깊기도 하지. 착하구나, 생명아. 그런데 아빠도 은근이 같은 일을 당하신 거야. 엄마도 그랬고. 하지만 엄마는 그때 너무 어려서 기억이 희미하고, 학살현장에 있지도 않았지만 아빠는 은근이처럼 눈앞에서 부모님을 다 잃으셨어. 살아 계셨다면 네 할아버지, 할머니가 되셨을 분들을 말이야. 물론 외할아버지, 외할머니도 그때 다 돌아가셨지만…."

생명은 마음이 무거워진다. 은근을 생각하면 정말 가슴이 아프다. 엄마 아빠를 사랑하는 자신을 그 처지에 넣어 보면 소름이 오싹 돋는다. 자신과 늘 장난을 치며 말괄량이 짓을 하는 명랑 소녀 은근이지만 가끔씩 그때 생각이 나서 슬픔에 빠질 때면 자신이 놀림감이 되어 주려고 해도, 그래서 기분을 풀어 주려고 해도 소용없다. 우리 엄마 아빠한테 가서 함께 놀자고 해도 막무가내로 고개를 젓는다. 그리고는 구석에 웅크리고 앉아 훌쩍훌쩍 눈물을 흘리곤 한다.

요즘 은근은 다시 바다로 돌아가는 훈련을 받고 있다. 은근의 몸집이 너무 커서 더 이상 씨 월드에서 살 수 없기 때문이다. 바다 한가운데서 훈련을 받고 온 날은 일부러 과장되게 자랑을 한다. 자기는 이제 바다로 돌아가게 된다고. 하지만 솔직히 두렵다고 털어놓는 날도 있다. 이 두 가지 모두 은근의 진짜 마음이라는 것을 생명은 알고 있다. 은근은 바다로 다시 가서 살면 너무 외로울 거라고 했다. 바다의 깜깜한 밤이 얼마나 무서울지 생각만 해도 눈물이 난다고 했다. 그럴 때면 부모님과 함께 살고 있는 생명이가 한없이 부럽다고 했다.

아빠와 은근, 그리고 엄마의 마음을 생명이 전부 이해할 수는 없다. 하지만 셋 모두 아픔을 가슴에 묻고 살아가고 있다는 것은 느낄 수 있다. 그러면 생명 자신은? 슬플 때도 있고, 기쁠 때도 있고, 심심할 때도 있고, 재미있을 때도 있지만 자신의 감정은 셋이 느끼는 것과는 왠지 다른 것 같다.

아내 명이에 대한 남편 자연의 마음에는 안쓰러움과 존경심이 교차한다. 인간들에게 가족을 모두 빼앗겼음에도 인간들 속에서 묵묵히 살아가며 주어진 상황에 감사하고 행복을 발견하는 아내 명이. 살아 있는 자체를 명이가 소중히 여기고 있다는 걸 잘 알면서도 자신은 그게 잘 안 된다.

자연을 따라나선 이후 명이는 늘 그랬다. 가족이 모두 학살 당했다는 말을 들었을 때도 사실을 있는 그대로 받아들였다. 태평양을 건너올 때도 명이는 그저 담담히 자연을 따라 주었고, 성장해서도 변함없이 남편 자연을 신뢰했다.

씨 월드의 생활은 또 어땠나. 혹독하다고 할 수는 없었지만 고된 훈련의 시간이었다. 아니, 고되다고도 할 수 없었다. 먹이와 칭찬으로 늘 보상을 받고 사람들로부터 극진한 보살핌과 귀함을 받았으니까. 그런 것들에 대해 명이는 감사하고 행복해했다. 하지만 자연은 달랐다. 자유를 담보로 한 가짜 행복에 만족할 수 없었고, 거북함, 타고난 본성에 맞지 않는 어색함을 벗어던질 수 없다는 것은 늘 막다른 상황이었다.

자연은 독도 학살 현장에서 가까스로 목숨을 건졌을 때, 이런 생활을 하게 될 줄은 상상도 못했다. 목숨을 구하는 대신 평생 감옥에 갇힌다는 것은 그때로서는 상상할 수 없는 일이었다.

아들 생명이 태어났을 때도 오롯이 기쁘지만 않았던 것도 아들 또한 자신과 같은 처지라는 것이 너무나 절망스러웠기 때문이었다. 그러나 명이는 달랐다. 그렇다고 명이가 목숨을 부지하기 위해 비굴하게 굴거나 스스로를 비하했다는 뜻이 아니다. 명이는 어떤 상황에서든 내적으로 자유롭기를 바랐던 것이다.

자연이 시름시름 앓기 시작한 것은 2년 전쯤. 훈련의 강도가 한 수위 높아졌을 때부터였다. 조련사들의 다소 강압적인 태도가 자연의 자존심을 상하게 했다. 붉은색을 보면 잠재된 공포와 불안이 표면화되는 명이처럼 자연은 강압적이며 폭력적인 상황을 견디기 힘겨워했다. 사냥꾼들의 그물에 갇혔던 무서운 기억이 되살아나기 때문이었다. 무의식 깊은 곳에 분노와 울분과 좌절과 원망과 깊은 한을 묻어 둔 자연.

자연을 사망에 이르게 한 그날의 훈련도 그랬다. 자연이 먹이를 받아먹지 않으니 훈련이 제대로 진행되지 않았던 것이다. 자연으로서는 부자유한 상황들에 좌절을 느끼던 차에 본성을 거스르는 수위가 점점 높아지자 더욱 고통스러워졌다.
집중이 되지 않으니 훈련이 더욱 고되게 느껴졌고, 조련사 역시 긴장된 상태였다. 마음이 혼란스럽고 평정심을 잃은 상태에서 조련사와 자연은 팽팽히 심리적 대치를 했고, 조련사가 자연을 향해 회초리를 드는 순간 세트장의 담벼락이 무너졌다.

겁을 주기 위해 허공에 휘두른 회초리가 무대 장치 한 귀퉁이에 걸리는 바람에 설치물이 연쇄적으로 무너지면서 머리와 얼굴에 부상을 입은 자연은 그길로 회복되지 못했다. 회복된다 한들 다시 서커스단으로 돌아가야 한다는 사실이 자연을 완전한 절망으로 몰아갔다. 자연의 삶의 의지가 그렇게 꺾이고 만 것이다.

명이는 죽어 가는 남편을 간호하며 약속했다. 어린 시절, 자신을 지극정성으로 돌보던 '자연 오빠'를 앞에 두고. 명이는 남편 덕에 지금 이렇게 의젓한 아들까지 얻었지만, 자신은 남편을 소생시킬 능력이 없다는 것이 안타깝다. 그래서 마지막 숨을 들이쉬는 남편에게 명이는 눈다짐을 했다. 아들 생명을 반드시 독도로 돌려보내겠다고. 남편과 눈물의 작별을 하면서 명이는 그렇게 다짐하고 약속했다.

사랑의 바다

#21. 잠행

한 해의 마지막 날, 해가 지면서 하나둘 모습을 드러내기 시작한 밤새 소리만 간간히 정적을 깬다. 구름 없는 맑은 쪽빛 밤하늘을 달만 외로이 지키고 있을 뿐, 사방은 적막과 고요 속에 싸여 있다. 찰바닥, 찰바닥. 찰싹, 찰싹. 달빛에 반사된 물이 회백색 비늘을 드러냈다, 감췄다 하는 사이사이로 물개 사육 우리 쪽에서 두 물체가 조심스럽게 미끄러져 내려온다. 명이와 생명이다. 사방을 살피는 명이의 얼굴에는 긴장의 빛이 역력하지만 표정만은 결연하다. 눈빛에는 서늘하고 매정스러운 기운도 서려 있다.

명이의 뒤를 생명이 따르고 있다. 생명의 얼굴과 몸짓에도 똑같은 긴장감이 어리지만, 엄마 명이와 달리 알 수 없는 흥분도 교차된다. 뭔가를 물으려는 시늉으로 앞 지느러미로 물살을 빠르게 밀어내며 엄마 곁으로 다가오는 생명. 하지만 엄마의 얼굴을 흠칫흠칫 곁눈질만 할 뿐 생명은 선뜻 입을 열지 못한다. 명이는 입을 일부러 더 굳게 다문 채 생명이 말을 붙여 오기 어렵게 한다. 지금은 대화를 나눌 때가 아닌 것이다. 오직 정신 집중을 해야 할 때다. 둘이는 그렇게 조용하게 그러나 신속하게 헤엄쳐 우리 반대편에 다다른다. 그제야 명이가 숨을 고르며 입을 연다.

"생명아, 너는 할 수 있다. 해야 하는 일이라면 할 수도 있을 거다. 바다로 나가게 되면 그간 네가 헷갈려하고 혼란스러웠던 일들에 저절로 답이 주어질 거란다. 왜냐하면 늘 말했듯이 바다는 생명이 처음 탄생한 곳이기 때문이지. 바다는 네게 생명을 나눠 주었단다. 그래서 넉넉히 너를 다시 품어 안을 거고, 거기서부터 너는 새롭게 시작할 수 있게 될 거야."

단호한 엄마의 다짐에 생명은 고개를 주억거린다. 갑자기 두 눈에 눈물이 고이고 콧등이 시큰해 오지만, 엄마에게 들키고 싶지는 않다. 생명의 어깨를 가만히 감싸 안는 명이. 이제 작별의 시간이다. 오늘로써 영영 마지막이 될 것을 알지만, 명이는 비로소 소명을 다하는 느낌이다. 남편 자연과 약속한, 말 없는 대자연에 맹세한 '생명'에 대한 그 소명 말이다.

이제 생명은 독도로 돌아간다. 씩씩하고 활기찬 '소년 자연'의 독도, 아기자기 정겨운 '아기 명이'의 독도로 생명이 대신 떠나는 것이다. 따사로운 햇볕에 나른하고 게으르게 누워 몸을 말리던 가제 바위. 동그란 머리를 물로 내민 형상의 거북바위, 멱을 감으며 숨바꼭질을 하던 크고 작은 바위틈들. 톳, 청각, 돌미역, 해삼, 소라, 전복을 장난감 삼고 얼굴바위, 지네바위, 닭바위, 물오리바위, 숫돌바위, 부채바위, 코끼리바위 등, 이름마저도 예쁜 놀이터가 있던 그곳. 한시도 잊지 못하던 그 고향으로 이제 아들 생명이 떠나려고 한다.

불현듯 꿈에서 깨듯 명이는 머리를 크게 흔든다. 지금은 감상에 빠질 때가 아니기 때문이다. 명이가 세차게 머리를 흔드는 바람에 얼굴에 물이 튄 생명은 콧잔등을 찡그린다. 그 틈을 타서 엄마 몸에 자신의 몸을 비비며 왈칵 품속으로 파고

든다. 명이는 가만히, 그러나 단호하게 생명을 밀어낸다. 그리고는 이내 생명의 작고 귀여운 얼굴을 감싸 쥐고 동그랗고 큰 눈망울을 지긋이 들여다본다. 기어이 둘의 눈에는 눈물이 고인다. 이제 떠나야 할 시간이다.

"생명아, 은근이가 훈련하는 걸 봐서 잘 알고 있겠지? 은근이가 먹이를 낚아채는 걸 자랑삼아 말하던 걸 떠올려야 해. 은근이가 다시 야생의 바다로 돌아가기 위한 적응 훈련을 받으면서 너에게 이것저것 자랑삼아 한 얘기가 있을 거야. 그걸 기억하도록 노력해 봐. 바다 한가운데서 훈련을 받을 때 돌고래 친구들도 찾아오곤 했다지? 그 친구들에게 은근이가 네 얘기도 종종 했다고 했잖아. 그 친구들을 만날 수 있을 거야. 더 먼 바다에 나가기 전에 그 친구들을 만나게 되면, 길 안내는 물론이고 먹이 잡는 법도 도움을 받을 수 있을 거야. 은근이가 네 친구라고 하면 친절하고 따뜻하게 잘 대해 줄 거다."

혹등고래 은근의 몸집이 다 자라면 인간의 500배가 될 거라고 한다. 말하자면 은근이 어른이 되면 키가 15미터나 되고 몸무게도 30톤이 넘을 거라는 얘기다. 은근은 겨울이 오면 씨 월드에서 멀리 떠나 남극에서부터 오세아니아, 아프리카, 아메리카 대륙 연안까지 여행하게 될 거라고 한다. 은근은 과연 잘 살 수 있을까? 생명은 그것이 항상 궁금했다. 야생 훈련을 받을 때에도 길 찾는 법을 가르쳐 주지는 않는다고 들었기 때문이다. 명이가 생명의 마음을 읽은 듯이 입을 연다.

"은근이도 머나먼 길을 떠나겠지만, 아무도 길을 가르쳐 주지는 않아. 하지만 야생의 바다로 뛰어드는 순간, 자기 몸의 야생성이 그 길을 안내할 거야. 저절로 알게 된다는 말이다. 그래서 자연인 거야. 씨 월드에서처럼 더 이상 무엇을 억지로 배울 필요가 없어. 다만 네 몸의 움직임만 따라가면 돼."

"엄마, 사실 은근이는 씨 월드에서 떠나는 것을 원하지 않아요. 비밀이라며 내게만 살짝 애기했어요. 자기는 그냥 여기서 살고 싶대요. 자기 몸이 자꾸만 뚱뚱해지는 것이 그래서 싫다고 했어요. 은근이는 나와 엄마를 떠나야 한다는 것이 너무 슬프대요."

"알고 있어. 하지만 생명아, 모든 일에는 때가 있단다. 그 때를 잘 따르는 것이 잘 사는 길이며, 때를 따라 움직인다는 의미는 살아갈 길도 함께 열 수 있다는 의미라고 엄마는 믿어."

"엄마, 저는 이곳이 좋아요. 엄마 아빠가 말씀하신 독도도 물론 좋겠지만, 그리고 언젠가는 가 보고 싶지만 혼자 그곳에 간다는 건 말도 안 되는 것 같아요. 엄마도 없이 제가 어떻게 혼자 거길 가겠어요? 그리고 엄마, 저는 엄마처럼 한국말을 알아듣지도 못해요. 영어밖에 모르는데 어떻게 한국에 가서 살란 말이에요. 여기서 그냥 물개 친구들하고 살고 싶어요. 아니면 엄마도 같이 가요."

#22. 다니니까 길이더라

"까마귀는 안 씻어서 까만 것이 아니고 백조는 매일 씻어서 흰 것이 아니지 않니? 학의 다리가 길다고 잘라 주고, 오리의 다리가 짧다고 잡아 늘이면 둘이 좋아하겠니? 노래기는 다리가 백 개나 있지만 뱀은 아예 다리가 없잖아. 하지만 둘은 아무 불편 없이 잘 살아가고 있지 않니? 그뿐만 아니라 다리가 없는 뱀이 다리가 백 개인 노래기보다 빨리 갈 수 있지. 이런 것들을 두고 모든 존재에는 본성이 있다고 말한단다. 자연의 이치라고도 하고.

우리가 동물원에서 보살핌을 아무리 잘 받는다 해도 이곳은 우리의 본성에는 맞지 않는 곳이란다. 우리의 야생성 때문이지. 우리가 재주를 아무리 잘 부린다 해도 그것은 우리의 본성에는 어긋나는 짓이야. 만약 그게 우리의 본성이라면 훈련을 받는다는 말조차 필요 없어야 돼. 저절로 익히게 될 테니까. 우리가 무대에서 스트레스를 받는 이유는 바로 그 부자연스러움 때문이야. 그냥 원래 모습대로 살도록 하면 기쁨도 저절로 따라오게 되는데 말이지.

옆 우리의 황제펭귄을 봐라. 얼음이 꽁꽁 어는 영하 50도의 남극에서 왔잖아. 얼마나 추우면 아빠가 아기를 발등에 올려놓고 키우겠니? 얼어 죽을까 봐 그런다고 하는데, 호주에선 그렇게 했다간 되레 땀띠가 날 지경 아니야? 호주는 겨울이래야 기껏 영상 2,3도이니 말이다. 그런데도 펭귄 아빠는 아기를 발등에 올리는 습관을 버리질 못하지. 어디 그뿐인 줄 아니? 엄마 펭귄은 수천 마리 아기 펭귄 중에서도 자기 아기를 정확히 찾아 먹이를 준다더라. 그게 바로 본성인 거야."

"와, 펭귄 아저씨는 영하 50도에서 어떻게 살 수 있었어요?"

갑자기 엉뚱한 곳으로 관심이 쏠리는 생명.

"아저씨는 뚱뚱보잖아. 마치 이불을 뒤집어쓰고 있는 것처럼 깃털이 여러 겹으로 되어 있는데다가 배에 워낙 살이 많잖아. 야생에 살 때는 바닷속에서 무진장 먹었다고 하더라. 그렇다고 펭귄 가족이 남극에서 사는 것에 아무 문제가 없다는 뜻은 아니야. 문제가 있다 하더라도 태어난 곳에서 사는 것이 가장 행복하다는 뜻이지. 생명아, 간절하면 거기에는 반드시 방법이 있단다."

안쓰러움을 애써 감추고 생명에게 용기를 불어넣는 명이, 엄마의 격려에 입을 닫고 깊은 생각에 빠져드는 생명.
'오늘 엄마는 꼭 아빠 같은 말씀을 하시네.'
"엄마, 어쨌든 저는 한 번도 씨 월드를 벗어난 적이 없잖아요. 가다가 무서운 상어나 고래를 만나면 어떻게 하며, 배가 고프면 또 어떻게 하지요? 길을 잃으면? 아니, 저는 아예 가는 길을 모르잖아요."

"엄마가 아까도 말했지? 너의 본성이 너의 길을 찾게 해 줄 거라고. 그리고 길은 다니니까 길이고, 만드니까 길인 거란다. 하늘을 보렴. 새들이 저렇게 자유롭게 날아다니지만 모두들 자기 길을 알고 있으니까 저녁이 되면 집을 찾아오고 아침이면 다시 날아오르는 거겠지? 물속도 마찬가지야. 물에는 물길이 있는 거지. 펭귄 아저씨에게 물어보면 알거야. 지도도 나침반도 없지만 모두들 길을 찾아다녔다고 하실걸.

　그렇게 바다에도 길이 있지. 그래서 사람들은 암초에 부딪히지 않고 배를 띄울 수 있단다. 물론 땅길처럼 바닷길에도 경사가 높고 가파른 길, 구불구불 물속 바위 사이길, 회전이 심한 회오리 길, 갑자기 움푹 파이는 길 등등, 오만가지 길이 있을 테지. 하지만 너의 야생성이 그 모든 길을 저절로 구분하게 할 거야."

　뒤돌아보고 또 돌아보는 생명. 이제 엄마를 영영 만나지 못한다는 생각에 거의 정신을 잃을 것 같은 슬픔과, 태어나고 자란 씨 월드를 등진다는 사실이 도무지 실감나지 않는다. 그러나 더 이상 지체할 시간이 없다. 웅덩이의 물을 교환하는 배수로를 따라가면 통로 끝에 철창문이 있다. 그 문고리를 명이가 낮에 미리 젖혀 두었다.

　12월은 호주의 여름이지만 한국은 겨울이라는 것을 명이는 짚을 줄 알았다. 명이는 생명이 겨울에 떠나는 것이 좋을지, 아니면 여름이 나을지 확신이 서지 않았지만 4개월 정도 걸릴 여정을 생각하면 그 사이에 계절이 바뀔 것이고, 그렇다면 호주의 여름에 출발하는 게 초행길의 생명에게는 덜 고될 것이라고 판단했다.

"생명아, 한국말을 못 알아들어도 괜찮다. 그리고 아예 모르는 것도 아니잖아. 엄마 아빠가 평소에 한국말로 대화하는 걸 너도 다 알아들었잖아. 대한민국 가까이만 가면 사람들이 너를 반길 거야. 아마도 부산이었던 것 같아. 부산, 울릉도, 독도 이렇게 올라가면서 한국 관광객이나 어부들을 만나게 될 거야. 한국 사람들은 우리가 독도의 주인이었다는 것을 알고 있단다. 그리고 우리를 몹시 그리워하고 있지.

　다만 일본을 지날 때는 조심해야 한단다. 일본이 우리를 학살한 것을 진정으로 뉘우치고 있는지를 알 수 없기 때문이다. 네가 모습을 드러내면 또 어떻게 나올지 모른단다. 다행히 너는 남자라 그 사람들이 좋아하는 하얀 털 강치는 아니고, 지금이야 전쟁 때가 아니니 가죽이나 기름을 얻자고 너를 잡지는 않을 거야."

#23. 완전한 작별

드디어 생명은 스르르 어둠의 바다로 미끄러져 들어간다. 아빠가 돌아가신 후 독도로 돌아가야 한다는 엄마의 당부를 듣고 머릿속으로 수없이 반복했던 동작이다. 씨 월드에서는 한 번도 배워 보지 않았던 몸짓, 한 번도 닿아 보지 않았던 물이다. 엄마는 이 물이 진정한 바닷물이라 했다. 이 물이 앞으로 내가 살아야 할 곳이라 했다. 이제 엄마를 다시 볼 수 없는 것조차 본성이라고 했다. 자연스러운 것이라고, 결코 슬퍼할 일이 아니라고 했다.

그런데도 생명은 자꾸 눈물이 난다. 흐려지는 두 눈을 앞 지느러미로 연신 닦아 내지만 뒤돌아보니 엄마의 모습은 이미 보이지 않는다. 조련사 없이도 길을 갈 수 있고, 사육사가 먹여 주지 않아도 먹이를 구할 수 있다는 것이 아직은 믿기지 않고 두렵기만 한 생명을 두고 엄마는 그렇게 사라졌다.

바닷물은 생각했던 것보다 차갑지는 않다. 몸에 감기는 물의 감촉이 마치 피부 결처럼 부드럽다. 찰싹찰싹, 찰싹찰싹, 고요한 바다에 생명 제 몸짓 소리만 선명히 들린다. 지느러미를 움직일 때마다 하얀 수포가 생겼다 사라진다. 앞 지느러미를 계속 박수 치듯 하면 헤엄을 칠 수 있다고 하신 엄마의 가르침을 다시 새기는 생명. 무대에서 몸을 곧추세우고 박수를 칠 때면 얼마 안 가 지쳤지만, 같은 동작임에도 바다에서는 오히려 더 기운이 난다. 신기한 일이다.

'이런 것이 바로 자연스러움일까? 엄마가 말씀하신 것이 바로 이런 것이었을까?'

생명은 차츰차츰 자신감과 기대감이 생긴다. 모험을 할 수 있을 것 같은 용기가 솟자, 불안했던 마음이 가라앉기 시작한다. 사방을 조심스레 살펴보는 생명. 검고도 검은 바다에 자기 혼자 둥둥 떠 있다는 사실에 새삼 소스라치게 놀라며 이내 다시 무서워진다. 씨 월드의 불빛이 물고기의 하얀 눈알 크기만큼 작아졌다. 그 짧은 사이 어쩌면 생각보다 더 멀리 왔는지도 모른다.

저곳에 엄마가 계신다. 은근이도 있고 그냥 아저씨도 있다. 생명만 혼자 외돌토리로 떠나왔다. 서럽다. 더럭 겁이 난다. 저녁은 두둑이 먹어 두었다. 아직 배는 고프지 않다. 사람들의 눈을 피해 밤에 떠나왔지만, 씨 월드에 있었더라면 잠을 자고 있을 시간이다. 그러나 지금은 아예 잠이 오질 않는다. 잠이 오기는커녕 눈알이 말똥말똥, 초롱초롱하기만 하다. 그러나 되돌아갈 수 없다는 것을 아는 생명. 정신을 가다듬고 엄마 말을 다시 잘 새겨 본다.

"먹을 것을 직접 잡을 수 있어야 한단다. 배가 부른 상태에서 더 먹지는 말아라. 야생의 바다에서는 공을 코에 세우고 조련사를 잘 따라 걸었다고, 어린이들 앞에서 조련사와 입을 맞추었다고 먹이가 주어지는 일이 절대 없다. 대신 바다가 너를 넉넉히 품어 줄 거야. 엄마의 품속보다, 조련사나 사육사의 보호보다 바다의 품은 상상할 수 없이 풍요롭고 넓을 거야."

바닷물을 해적해적 저으면서 무섬증이 몰려오면 가만히 노래를 불러 본다. 생명은 오늘따라 엄마의 소리를 내고 싶어진다. 그렇게 발음하지 말라며 놀리곤 했던, 어떤 땐 호주 친구들 앞에서 창피하기도 했던 한국말 억양이 섞인 엄마의 그 노래를 생명은 가만히 불러 본다. '아윽, 아윽, 오얽, 오얽' 쉰 듯한 엄마의 목소리를 생명은 흉내 내어 본다. '욱욱, 꾸국, 워엉, 꾹국, 꾹국…' 생명은 어깨를 들썩이며 기어코 울음을 터뜨린다. 생명의 노래에 눈물이 섞여든다.

바닷속은 수상하리만치 고요하다. 까맣기만 하다. 생명은 꼼지락 꼼지락 지느러미를 움직여 본다. 눈을 말갛게 뜨고 사위를 살피지만, 마치 꿈속에서처럼 몸은 그 자리에 꼼짝을 않고 앞으로 나가는 감각이 없다. 이번엔 좀 더 힘차게 발을 저어 본다. 발 지느러미 끝에 힘을 주고 꼬리 부분을 젓자, 갑자기 쑥~ 하고 배가 바닷물을 밀치고 나간다. 순간 생명은 엄마 생각도 잊고 헤엄에 몰두한다.

씨 월드에서는 어차피 바닥이 빤히 보이기 때문에 이쪽에서 저쪽으로 이동할 때나 몸을 담그고 싶을 때 물속에 들어갔지, 멋진 폼으로 수영을 해 본 적은 없었다. 엄마가 말한 자연스러움이란 이런 것일까? 도대체 바닥이 어디인지, 있기나 한 건지⋯. 이렇게 빙글빙글 유영을 할 수 있다니!

생명은 자유롭게 춤을 춘다. 얼마나 신기한 일인가. 딱딱한 시멘트 바닥이나 벽에 부딪쳐 몸에 멍이 들던 걸 생각하면 바다는 정말 자유롭다. 갑자기 용기가 솟으면서 생기가 돈다. 씨월드에서는 한 번도 경험하지 못했던 생소한 느낌이다. 그러다 문득 염려와 걱정이 또다시 뇌리를 스친다.

'배가 고플 땐 어쩌지? 여긴 이제 사육사 누나도 형도 없잖아. 누가 밥을 준단 말이야? 다시 씨 월드로 가고 싶어.'
생명은 갑자기 풀이 죽어서 몸에 힘이 쭉 빠진다. 꼬르륵하며 물속으로 온몸이 하염없이 가라앉는다.
'아차, 이곳은 씨 월드가 아니지. 이러면 죽을지도 몰라. 그러면 안 돼. 엄마와 돌아가신 아빠를 생각해서라도 내가 이러면 안 되지.'
다시 꼬리와 옆구리를 긴장시키며 물 위로 떠오른다. 생명은 이제 힘차게 헤엄쳐 나간다. 몇 시간 후면 해가 뜰 것이다. 그러면 정신이 맑아지면서 바다에 조금 더 익숙해질 것이다.

"무섭기만 한 건 아니구나. 아니, 오히려 더 신이 나. 엄마 생각이 계속 나지만 더 이상 슬퍼하거나 겁쟁이처럼 굴진 않을래."

생명은 아무도 듣지 않는데도 큰 소리로 외친다. 그러자 마음 한구석에서 호기심이 모락모락 피어오른다. 엄마도 자기가 그러기를 바랐을 거라는 생각이 비로소 든다. 숨을 쉬기 위해 간간히 고개를 물 위로 올리면서 깜깜한 물속을 가만히 들여다본다.

날이 밝으려는 듯, 희미한 한줄기 빛이 수면 위로부터 뿌옇게 비쳐들자 차츰차츰 바닷속 풍경이 눈에 들어오기 시작한다. 조금씩 조금씩 물 밑으로 내려가 본다. 바다 밑은 씨 월드처럼 매끈한 곳이 아니다. 울퉁불퉁 기기묘묘한 모양의 산호초와 색색의 꽃이 진기하게 피어 있다. 생명의 눈에는 분명 꽃으로 보이는 것이다.

'꽃은 땅 위에만 피는 줄 알았는데 이렇게 바다에도 피어 있네.'

어느 틈에 해가 높이 떴으나 생명은 시간 가는 줄 모르고 바다 밑을 구경한다.

#24. 생명과 LOVE

"야, 너 오늘 쇼 하러 안 갈 거야?"

생명은 자기 귀를 의심한다. 이곳은 바다다. 씨 월드가 아니다. 그런데 웬 쇼? 오랫동안 습관이 되어 환청이 들리는가 싶다.

"생명이 너, 뽀뽀하는 연기 그렇게밖에 못하겠어? 아침밥 안 먹고 싶어?"

이번에는 더 또렷이 들린다. 결코 환청이 아니다. 생명은 바다 위로 훅 하고 솟구치며 고개를 쑥 내밀어 본다.

"악, 너, 너, 넌, 은근이. 네가 여기 왜 있어? 왜 여기 있는 거냐고? 그리고 너, 너 LOVE까지 웬일이야? 이게 도대체 어떻게 된 일이냐고?"

"왜 그렇게 놀라? 네가 뭐 바다를 전세라도 냈냐?"

"그, 그게 아니라, 내가 여기 있는 줄 어떻게 알고 날 따라왔냐고?"

"내가 있음에 네가 있고, 네가 있음에 내가 있네~~."

"너 계속 장난칠 거야, 정말?"

"하하, 미안, 미안. 어젯밤에 명이 아줌마한테서 들었지. 무서운 꿈을 꿔서 아줌마 방에 가서 자려고 했었거든. 근데 아줌마가 웅덩이 부근 깜깜한 곳에 혼자 앉아 막 우시는 게 보이잖아. 난 지금껏 아줌마의 그런 슬픈 모습을 본 적이 없었기 때문에 너무 놀랐어. 네가 떠나갔다고, 바다로 갔다고, 아빠가 그렇게 그리던 고향 독도로 돌아갔다고 하시더구나. '다시는 생명이를 볼 수 없다고 생각하니 견딜 수 없이 고통스럽다.'고 하시며 '아무도 없는 곳에서 울고 있었는데 너한테 들켰구나.' 이러셨어."

"아, 엄마. 어쩌면 좋아요, 엄마. 내 앞에서는 그렇게 담담하고 꼿꼿한 모습을 보이시더니 속으론 그렇게 아프셨군요. 다시 돌아가야 할 것 같아요, 엄마. 내가 왜 엄마도 없는 곳에 가야 하냔 말이에요."

은근의 말을 듣고 생명은 견딜 수 없이 슬퍼진다.

"그건 절대 안 돼! 넌 돌아가면 안 돼!"

은근의 커다란 호령소리에 생명은 깜짝 놀라 고개를 들어 은근을 멍하니 쳐다본다. 순간 은근이 엄마처럼 느껴진다. 그런 생명의 마음을 은근은 읽고 답한다.

"그래, 이제부터는 내가 너의 보호자야. 아줌마한테서 얘기 다 들었어. 내가 독도까지 너와 동행해 줄게. 난 어차피 몇 달 후면 바다로 나가게 되어 있으니 씨 월드에서 나를 찾지도 않을 거야. 그리고 나는 바다 경험이 있으니 충분히 너를 돌볼 수 있어."

은근이 또 우쭐대기 시작한다. 그러나 그런 은근이 오늘은 얄밉지도 안쓰럽지도 않다. 은근이 오늘따라 아주 든든하고 멋져 보여서 그대로 의지하고 싶어진다. 은근이 생명의 그런 마음에 화답하듯 와락 생명을 껴안는다. 생명의 바다는 이제 더 이상 두렵지 않다. 은근이 함께하기 때문이다. 은근도 덩

달아 신이 난다.

　"근데 은근아, 너 어쩌자고 LOVE까지 데리고 나왔어? 너도 알잖아. LOVE는 우리하고 또 달라. 나처럼 독도로 가야 할 이유도 없고, 너처럼 바다로 다시 나갈 계획도 없었잖아. 그런데 LOVE를 이렇게 데리고 나온 이유가 뭐야? 지금쯤 씨 월드에서 난리가 났겠지? 우리 셋이서 하루아침에 몽땅 사라졌으니. 은근아, 그래서 말인데, LOVE를 다시 씨 월드로 데려다주고 오면 안 되겠니?"

　생명은 은근에게 귓속말처럼 낮춰 말한다고 했지만, 어느새 LOVE가 나선다.

　"오빠, 그건 싫어. 난 오빠를 따라갈 거야. 난 오빠를 예전부터 좋아하고 있었어. 오빠가 혼자 떠났다는 말을 듣고 내가 얼마나 슬펐는지 알아? 은근이 언니가 내 울음소리를 듣고 우리 방에 들어와 보지 않았다면 지금 이렇게 오빠를 만나지도 못했을 거야. 내가 언니한테 막 졸랐어. 나도 오빠에게 데려가 달라고. 오빠와 함께라면 어디든 갈 수 있다고. 그래서 이렇게 언니를 따라온 거야. 난 이제 오빠하고 살 거야. 제발 날 돌려보내지 말아 줘, 제발."

은근과 생명은 입을 딱 벌리고 서로 마주 본다. '얌전때기' LOVE가 저렇게 말을 많이 하는 것도, 게다가 저렇게 청산유수인 것도 생전 처음 보기 때문이다. 그간 LOVE는 '내숭 10단'이었단 말인가? 언제나 자기들 곁에서 없는 듯이 있으면서 이따금 배시시 웃기나 하던 LOVE가 저렇게 열정적이고 뜨거운 가슴의 소유자였단 말인가?

"그래, 좋아. LOVE, 아무 걱정 마. 이제 우리 셋이서 독도를 찾아가는 거야. 내가 너희들을 무사히 데려다줄게. 너희들은 이제 독도에 가서 행복하게 살기만 하면 돼. 이 몸만 믿어."

생명이 뭐라고 말할 새도 없이 이번에도 은근이 나선다. 은근은 생명에게 눈을 찡긋하며 'OK?' 하는 사인을 보낸다.

은근은 생명과 LOVE를 등에 업고 푸우푸우 물을 뿜으며 까불거린다. 은근이 그럴 때마다 둘의 몸도 물분수와 함께 솟구치며 오르락내리락한다. 셋은 까륵까륵 웃어젖히며 장난을 친다. 생명과 LOVE가 은근의 꼬리를 잡고 물밑으로 잡아당기니 산더미 같은 포말을 일으키며 바다는 밑바닥부터 요동을 친다. 은근이 거대한 몸집으로 바닷속에 태풍을 일게 만

들지만, 그 요란함은 푸른 함성이요 축제다.

생명과 LOVE는 은근으로부터 고기 잡는 법도 배우고 은근이 '아~~' 하고 입을 벌려 크릴새우를 폭풍 흡입할 때면 자기들도 입을 딱 벌려 물고기들이 입속으로 들어오는 간질간질한 느낌을 즐길 줄도 안다.

생명과 은근, LOVE는 모험과 호기심의 항해를 계속하며 상어와 범고래 등 바다 동물들을 만난다. 엄마가 말했듯이 강치의 천적은 사람일 뿐, 범고래나 상어 등이 아니었다. 물론 그들이 강치를 해칠 수도 있지만, 그것은 자연 안에서의 일이다. 자연의 거대한 생태계 내에서 발생할 일이다.

#25. 돌아온 독도 강치

이끼가 낀 민둥산 두 개가 보이기 시작한다. 검붉은 색을 지닌 바위 한 쌍, 바로 독도라 불리는 두 개의 바위섬이다. 새우, 전복, 소라, 미역, 우뭇가사리, 톳, 청각, 돌미역 같은 지난 4, 5개월간의 항해에 함께해 와 어느새 친숙해진 바다 친구들이 생명의 몸을 사뿐히 떠받들며 부유를 도와준다. 하얀 솜사탕 같은 뭉게구름이 푸른 하늘 사이사이에 뭉쳐 움직인다고 여기는 순간, 그것은 실은 하얀 괭이갈매기 떼라는 걸 알게 된다.

동도와 서도 두 봉우리가 서로의 얼굴을 마주하듯 앞쪽은 흰빛이고 뒤쪽은 뒷머리처럼 검다. 거기 두 바위 사이에서 소리가 들린다. 경이롭고 신비하고 듣기에 따라 섬찟하고 기괴한 소리. 바위틈과 동굴 사이로 바람이 드나들며 파도와 함께 만드는 협주곡이다.

엄마 명이가 말했던 독도가 비로소 시야에 펼쳐져 있다. 생명은 독도를 향해 빠르게 헤엄쳐 간다. 동도 가제바위가 저곳인가 싶다. 엄마는 저곳에서 태어났지만 가족을 모두 잃고 호주 씨 월드에서 평생을 살았다. 또한 생명은 아빠의 늠름함과 가족을 지극히 사랑하던 깊은 마음을 진정으로 느낀다.

'엄마 아빠는 이 세상에서 단둘뿐인 항해를 꼬박 네 달 가까이 했다고 하셨어.'

생명도 비슷한 기간을 헤엄쳐, 같은 계절 5월에 독도로 돌아온 것이다.

'두 분은 생사고비를 함께 넘으며 호주로 가 거기서 날 낳으신 거야. 이제 나는 그 길을 거꾸로 더듬어 부모님의 고향으로 돌아왔어. 이제 다시는 엄마를 만날 수 없지만, 엄마가 말한 자연의 본성대로 살아갈 테야. 자연을 따라 살면 아주 슬픈 일도 아주 기쁜 일도 없다고 하셨지. 그것이 곧 자연이라

고 엄마가 말씀하셨어.'

엄마가 맡았던 피비린내가 아닌 상큼한 바다 내음이 생명의 코를 스친다. 찜찔하고도 질박한 물비린내다. 엄마가 기억하던 참혹한 광경은 이곳 어디에서도 찾아볼 수 없다.

'아빠 강치들은 가족들을 몰살시키는 일본인들에 대항해 끝까지 항거했다고 들었어. 여기저기 창에 찔리고 총에 맞아 최후를 맞기까지 가족들을 보호하기 위해 최선을 다했다고 하셨지. 강치들의 거센 저항에 한때 사냥꾼들도 주춤했다지만 역시나 역부족이었겠지. 어른 강치들은 가죽과 기름의 용도로 난도질을 당하고, 어린 강치들은 서커스단으로 팔려 갔대. 하지만 엄마는 아빠와 함께 탈출했고, 호주에서 적극적으로 운명을 헤쳐 나가신 거야. 엄마는 살기 위해 서커스를 한 게 아니라, 자신을 구해 준 사람들에게 보답하는 마음으로 최선을 다하신 거야. 그랬기에 그렇게 아픈 무의식 속에서도 밝은 모습을 잃지 않으셨던 거야.'

엄마의 이름은 명이. 울릉도 나리 분지에는 산나물의 일종인 '명이'라는 나물이 난다. 울릉도를 개척할 무렵 그곳으로 이주한 사람들은 겨울을 지내고 나면 식량이 바닥나 굶주림에 시달리곤 했는데, 그때 눈 속에서 올라오는 이 나물을 캐어 먹으며 '명을 이었다'고 해서 붙여진 이름이다.

'엄마는 엄마의 이름대로 사셨어!'

독도가 점점 가까워 온다. 동도의 가제 바위가 바로 생명의 눈앞에 보인다. 하늘과 바다는 더없이 푸르다. 둥실 떠 있는 하얀 깃털 같은 구름이 생명을 굽어보며 어서 오라 손짓한다. 아니, 엄마 명이, 아빠 자연은 이미 그곳에 와 계시다. 두 분이 아들 생명에게 어서 오라 손짓한다.

"엄마 아빠, 생명이가 드디어 독도로 돌아왔어요. 아빠가 그렇게 그리워하던 독도가 바로 생명이의 눈앞에 펼쳐져 있어요. 엄마는 또 얼마나 오고 싶어 하던 곳인가요. 두 분은 결국 돌아오지 못하셨지만 대신 생명이가 이렇게 왔네요. 기쁘시죠, 엄마 아빠? 생명이의 독도 길을 잘 지키고 보살펴 주셔서 고맙습니다. 생명이는 이제 독도에서 생명을 이어 갈 것입니다. 그것이 바로 엄마 아빠의 은혜에 보답하는 길이자, 생명이의 생명을 준 자연 안에 안기는 길이겠지요. 엄마 아빠, 이

제 생명이는 갑니다. 자연의 품으로, 그리고 영원히 당신들의

품으로!"